『氷点』解凍

森下辰衛
Morishita Tatsue

小学館

見本林、夏。
ルリ子と佐石土雄、
二人は出会い、美瑛川へ行った。

『氷点』解凍　目次

装幀　菊地信義
写真　今津秀邦

0 三浦綾子を読む鍵

――『道ありき』が語るもの

旭川六条教会。
一九五九年五月、
ここで三浦夫妻は結婚式を挙げた。

「道のない」堀田綾子

三浦綾子《みうらあやこ》、旧姓堀田《ほった》綾子は一九二二（大正十一）年、北海道旭川《あさひかわ》に生まれた。人間が好きで子どもが好きだった綾子は、一九三九（昭和十四）年、十六歳十一か月で炭鉱町歌志内《うたしない》の神威《かもい》小学校の教師になる。しかし時代はすでに日中戦争が始まって二年、太平洋戦争前夜であった。綾子は何の疑いもなく子どもたちに「あなたたちはお国のため、天皇陛下のために戦争に行くのですよ」と教えた。しかし一九四五年八月敗戦。ＧＨＱ（連合国最高司令官総司令部）の指令で生徒の教科書に墨を塗らせなければならなくなり、命がけで教えていた教科書の言葉が、もうこの世に存在してはいけない言葉になったと思い知らされたときに、純粋であった綾子の心は引き裂かれる。間違ったことを教えて子どもたちを戦争に送り出し、最後には子どもたちの心に墨を塗ることしか私にはできなかったのか？　彼女は語る言葉を失った。教科書に墨を塗らせること、それは、綾子にとって、自分の人生に墨を塗ることであった。綾子は癒《い》やしがたい空虚感と罪責感を抱いて教師を辞める。

信ずるもののない生活、虚無感のなかで彼女の心は荒《すさ》んでゆく。二人の人と口約束で婚約をし、先に結納を持ってきた方と結婚しようと考えていた綾子は、まさに結納の日に突然倒れ、当時は死の病であった肺結核・脊椎《せきつい》カリエスとの闘病生活が始まっていった。しかしそんな自分に「ざまあみろ。とうとう私も肺病になった」と言うほど彼女は傷ついていた。もはや自分を愛することができなかったのだ。

自伝『道ありき』のエピグラフに「われは道なり、真理《まこと》なり、生命《いのち》なり」イエス・キリスト（「ヨハネ福音書」一四章六節）とあるが、このとき彼女にはもはや歩むべき道がなく、信じられる真理もなかった。そしてからだの命も心の命も消えようとしていた。

　しかしこの自伝の題は『道ありき』である。そんな私にも生きる道があった。もはやそんなものはないと思っていたのに見つかったというだけではない。ないと思っていたときにも気づかなかっただけで、すでに道はあったのだ。だからあなたにも道はあるというメッセージがこの自伝の中心にある。

　私はこの作品を、道を失い、信じるものがないという人に、特に若い方々に読んで欲しいと思い、大学で教えていた頃、『氷点』『塩狩峠《しおかりとうげ》』『道ありき』のどれかを読んで感想文を書きなさいという課題を毎年出した。学生は課題が出るとまず三つの作品の本の厚さを測るので、一番薄い『道ありき』を選ぶ学生が多かった。こんな感想文がかなりあった。

「『道ありき』を読みました。感動しました。恋人の前川正《まえかわただし》さん、あんなすごい愛の人が本当にこの世にいたんでしょうか？　結婚した三浦光世《みうらみつよ》さん、あんなにやさしい誠実な方が本当にこの世にいるんでしょうか？　最初の婚約者の西中一郎さんや、札幌医大入院時代にお世話くださった西村久蔵《にしむらきゅうぞう》先生だって、なんて素晴らしい人たちでしょう。綾子さんはどうしてこんなに男運がいいんでしょう！　それに比べてどうして私は男運が悪いんでしょう？　先生、教えて」

　あなたの男運のことなんか、私に聞かないで欲しいと当時は思っていたが、今は答えることができる。それは男運ではなく、命がけで本物だけを求めたかということだ。綾子や陽子と同じような一途《いちず》さで、本物を求め、本物でないものはいらないと本気で思っていたかどうかなのだ。逆に言えばそれだけ、堀田綾子の傷は深く、本物でなければ埋められないほど、胸の空洞は深かったのだ。

この『道ありき』には三浦綾子の全部があると言っても過言ではない。多くの作品を読み解くことができる三浦文学の鍵となる作品である。『氷点』を解くには遠回りのようだが、まずここから入っていこう。

私に、背負われなさい。

一九四八（昭和二十三）年十二月二十七日、当時旭川市十条十一丁目にあった結核療養所白雲荘に入所していた綾子を一人の青年が訪ねてきた。前川正、十七年前に一年間だけ隣に住んでいたという幼馴染《おさななじみ》で、二十八歳のクリスチャンだった。前川は北大医学部の優秀な学生だったが、彼もまた結核に冒され休学中の身であった。もう自分の命があまり多くは残されていないかも知れないと感じ始めていた頃、幼馴染の綾子が結核療養中で、なのに酒は飲むタバコは吸うという荒んだ投げやりな療養態度でいることを聞き、何とかできないものかと思って訪ねてきたのだ。ところが、はじめ綾子は前川に拒絶的な態度で接した。

「私クリスチャンなんて人種が一番嫌いなの。偽善者でしょ。私、死んだってクリスチャンなんかには絶対ならないから、帰ってちょうだい」

しかし前川はこの吼《ほ》えている綾子のなかに、「信じられる本物が欲しい、本物の愛があるなら欲しい。神なんて本当にいるのなら出て来て私を何とかしてみろ」と言っている本当に渇いた魂があるのを見逃さなかった。だから前川はその日から綾子に手紙を書き始めた。それから五年余りの間に千数百通の手紙を書き、綾子も数百通書いて、計二千通ほどの手紙がやり取りされたと言われている。

その前川正を振り払うようにして、一九四九年六月のはじめ、綾子は斜里に出かけていった。当時婚約していた西中一郎の斜里の実家を訪ね、結納を返して婚約解消し、自殺しようと彼女は心に決めていた。西中一郎の家に着くと、彼はびっくりして綾子を迎えた。

「長いこと心配かけてごめんなさいね。結納金を返しに来たの」

二人っきりで、砂山にのぼった時にわたしが言った。彼は彫りのふかい美しい横顔を、潮風にさらしながら黙っていた。だが、しばらくしてから、静かに言った。

「僕はね、綾ちゃんと結婚するつもりで、その費用にと思って、十万円ためたんだ。綾ちゃんと結婚できなければ、もうそのお金に用はない。結納金も、その十万円も綾ちゃんにあげるから、持って帰ってくれないか」

彼はそう言って、じっと海の方を眺めていた。西中一郎の誠実さが、あらためて胸に迫り、偉い人だとわたしは思った。
「向うに見えるのが知床だよ。ゴメが飛んでいるだろう」
そう言った時、彼の頬を涙がひとすじ、つつーっと流れた。

（『道ありき』九）

西中一郎は「わたしは三年も待っていたんだ」とも「月給をそっくりそのまま、一銭残らず送った月もあるじゃないか」とも責めなかった。「旭川まで、何べん見舞に行ったかわかりゃしない」とも「綾ちゃんは男の友だちがたくさんいるようだが、わたしは一人の女友だちもつくらなかった」とも彼は言わなかった。どんな気持ちで綾子が婚約解消しに来たか、痛いほどにわかる人だったのだ。

夜中の十二時の時計が鳴り終えたとき、綾子は西中家の玄関の戸をガラガラッと開けて、一人で夜の中に出ていった。暗い海に向かって坂道を大股にぐんぐん降りていき、軽石にハイヒールの足を取られよろけながら、海に入ったと思ったそのとき、綾子は肩をつかまれていた。それは西中一郎だった。気づいて追いかけてきたのだ。彼は何も言わずに背中を差し出した。綾子は素直に背負われて、「夜の海が見たかったの」と言った。西中は彼女を背負ったまま砂山に登り、そこに一緒に腰をおろして、「海ならここからでも見えるよ」と言って、真っ暗な見えない海をしばらく一緒に眺めてくれた。天気の悪い光のない夜で、何も見えず波の音だけが聞こえていた。そして、翌朝は何も言わず、また会う人のように、斜里の駅で手を振って別れてくれた。しかし彼の頬には涙の跡があった。

『道ありき』には、この人の背中に背負われたとき「不意に、わたしの体から死神が離れたよう」だったと書かれている。綾子の人生の中でも最も危険な暗い海で、彼女を救った人。すべてを知っていて何も言わず、与えて、与えて、彼女の命を守り、そして声も立てずに涙をひとすじ流し、送り出してゆく人。この人の愛は母のような、放蕩《ほうとう》息子の母のような愛ではないだろうか。彼はクリスチャンではない。しかし、神の愛のひとつの側面を表している。

そのときには彼女は気づかなかったかも知れない。しかし、半年前、前川正の背後にいるかも知れない神に向かって求め叫んだ彼女の魂の声、「神さまなんて、いるんなら、私をどうにかしてみてよ！」という叫びに対する答えは、ここにももう訪れ始めていた。歩くこともできなくなった者を背負って歩いてくださる方がいる。あなたが辛《つら》くて死んでしまいたい夜に、もう歩けない真っ暗な波のなかで、私はあなたを背負って歩く者だよ。私の背中に背負われなさい、と語りかける存在がすでに近づいていてくださっていた。『道ありき』を書いている作家はそのことをわかって書いている。

足を打つ前川正の背後に見た光

斜里の海で自殺未遂をして旭川に帰ってきた綾子を、前川正が待っていた。前川は自殺未遂をしたという綾子にショックを受けながら、旭川市郊外の春光台《しゅんこうだい》の丘に彼女を連れだした。この丘からは旭川の街が一望に見下ろせ、正面には大雪山《たいせつざん》が聳《そび》えている。もっとまじめに療養するように、生きる目的を見つけるようにと諌《いさ》める前川に、綾子は言う。

「まじめって一体どういうこと、戦争中あんなにまじめに生きた結果はどう？　傷ついただけじゃないの」

そして、綾子はタバコに火をつけた。

「綾ちゃん！　だめだ。あなたはそのままではまた死んでしまう！」

彼は叫ぶようにそう言った。深いため息が彼の口を洩《も》れた。そして、何を思ったのか、彼は傍らにあった小石を拾いあげると、突然自分の足をゴツンゴツンとつづけざまに打った。さすがに驚いたわたしは、それをとめようとすると、彼はわたしのその手をしっかりと握りしめて言った。

「綾ちゃん、ぼくは今まで、綾ちゃんが元気で生きつづけてくれるようにと、どんなに激しく祈って来たかわかりませんよ。綾ちゃんが生きるためなら、自分の命もいらないと思ったほどでした。けれども信仰のうすいぼくには、あなたを救う力のないことを思い知らされたのです。だから、不甲斐《ふがい》ない自分を罰するために、こうして自分を打ちつけてやるのです」

（略）自分を責めて、自分の身に石打つ姿の背後に、わたしはかつて知らなかった光を見たような気がした。彼の背後にある不思議な光は何だろうと、わたしは思った。それは、あるいはキリスト教ではないかと思いながら、わたしを女としてではなく、人間として、人格として愛してくれたこの人の信ずるキリストを、わたしはわたしなりに尋ね求めたいと思った。

（『道ありき』 一一）

暗闇の中にうずくまっていた一人の女の魂の中にひとすじの光が差し込んできたとき、彼女の人生は方向転換を始め、再生の物語が始まった。前川の真剣で激しい愛に迫られたときに、はじめて、自分の生き方が的外れになっていたことを綾子は悟った。後に綾子は「原罪の思想に導き下されし亡き君の激しき瞳《め》を想《おも》ひゐつ」という短歌に詠んでいるが、まさに「原罪」とは原義において「的外れ」という意味なのである。本物に出会ってはじめて、その本物の光に照らされてはじめて、まっすぐだと思っていた自分が実は曲がっていたことに気づくものである。

「この丘の上で吾《われ》とわが身を打ちつけた前川正の、わたしへの愛だけは、信じなければならないと思った。もし信ずることができなければ、それは、わたしという人間の、ほんとうの終わりのような気がしたのである」と『道ありき』に書いているが、本当に人間として終わりに近いような危険なところにいた彼女を、前川がその激しい愛によって止めたことがわかる。

何かを信じるなんていやだ。もう傷つきたくない。信じることは愚かなことだ。そう思っていたけれど、愚かでもいい、この人を信じてついていってみようか。そう考えるようになった綾子は、前川からもらった聖書を読み始めた。
そんな彼女の心に最初に留《と》まったのは旧約聖書の「伝道者の書」だった。空の空、この世のすべて、人生のすべては空しいとまで語る書だ。当時の彼女の心にぴったりだったその言葉に彼女は惹《ひ》かれた。しかし、この「伝道者の書」を最後まで読んだとき、彼女は一つの言葉に出会った。すべて空しいからこそ「汝《なんじ》の若い日に、汝の作り主を覚えよ（一二章一節）」と言うのだ。
綾子の求道は真剣になっていった。
前川正の愛は父親的な愛である。そのままで受け入れ、そのままにゆるしてゆくのが母親の愛であるなら、彼の愛はあるべき姿において愛する愛、時には「それじゃ、駄目じゃないか！」と迫る愛、『塩狩峠』の永野信夫が逆走する客車を自らの身をもって止めるように、滅びにゆこうとする魂を、何としても、己《おの》が身をもってしても止めようとする愛である。

客車は無気味にきしんで、信夫の上に乗り上げ、遂に完全に停止した。

（『塩狩峠』「峠」）

これは『塩狩峠』の最も重要な、事件の核心を語った文章である。永野信夫の犠牲の意味、それは多くの乗客が滅びに向かって暴走するのを「遂に完全に停止」させることにあった。乗客自身、「汽車が完全にとまったことが信じられなかった」としても、客車は「遂に完全に停止した」。これは一方でこの小説の主題である〈犠牲の愛〉の意味、キリストの十字架の力を語っているのだが、他方で実は、堀田綾子の告白でもあった。

　戦争が終わるまで前を向いて登っていっていた彼女の人生。時代の四両編成の列車の最後尾の車両として十六歳で軍国教師となった堀田綾子は、「皇国民の練成」こそ最も素晴らしい自分の使命だと信じていた。しかし一九四五年八月十五日という峠で、彼女の連結は外れた。彼女は一人で思いもしない方向へ暴走を始めた。他の車両は時代の峠の向こうに降りていって平和主義や民主主義を語り始めたが、彼女にはそれはできなかった。このまま暴走してゆけば自分は死んでしまうかも知れない、でも私なんか死んだ方がいいのだとしか思えなかった。滅びへと転落してゆく絶望的な暴走、自分では止められなかった暴走が、信じられないけれども、完全に止まったのだ。

　あのままだったら、私は滅びていた。彼が、すべてを注ぎ出して人格として私を愛してくれなかったら、暴走する私のレールの上に身を投げ出して私を止めてくれた彼がいなかったら、私は滅びていた。それは実感だ。だから綾子は生涯にわたって何度も何度も変奏させながら前川正を語り続けたのだ。

『塩狩峠』の永野信夫の職場の同僚に三堀峰吉《みほりみねきち》という男が登場する。根は小心なやさしい男だが少々心弱く、酒や女に信夫を誘う。この三堀が出来心から同僚の給料袋を盗んでしまい、一度は職場を辞めさせられるのだが、信夫のとりなしでまた鉄道で働けるようになる。この三堀が塩狩峠での事故の日一緒に列車に乗り合わせていて、信夫が線路に飛び込んで死ぬのを見ることになる。そしてその日、三堀の人格は一変したと『塩狩峠』は書いている。この三堀が堀田綾子である。「三堀」の「三」は「三浦」から、「堀」は「堀田」から一字ずつ採って、合成されているのだ。そして「峰」は峠である。暴走した峠、「剣が峰」だったその時代、しかしそこに「吉」が、人生の最大の祝福の礎があった。なぜなら、そこで本物の愛に出会えたから。「三堀峰吉」はそんな名前なのだ。

『塩狩峠』のモデルとなった実在の人物長野政雄は満二十八歳で殉職したのだが、作家はそれを承知の上で主人公永野信夫を三十三歳で死ぬように書き変えた。それは、一九五四（昭和二十九）年前川正が死んだとき満三十三歳だったからだ。そして、前川正の背後にいて信仰者前川をそのように生かしめたイエス・キリストが十字架で死んだとき、三十三歳であったと言われているからだ。だから、『道ありき』の春光台の体験を語った部分の「この丘の上で吾とわが身を打ちつけた前川正の、わたしへの愛」という表現の下には「あのゴルゴタの丘の上で吾とわが身を十字架に打ちつけたキリストの、わたしへの愛」という言葉が埋まっている。この春光台の丘に、二〇一四年六月『道ありき』の碑が建立される。

貧しい者は幸いである

綾子は一九五二年七月五日、札幌医大病院のギプスベッドで病床洗礼を受ける。しかしそれから二年も経ない一九五四年五月二日、自身も肺結核だった前川正が亡くなった。思いがけなく噴き出す怒りの情と、やがて号泣する綾子。しかし、ギプスベッドに仰向《あおむ》けの彼女の涙は頬をつたうことはなく、横に流れて耳に入っていったという。

妻の如《ごと》く想ふとわれを抱きくれし君よ君よ還《かえ》り来《こ》よ天《あめ》の国より　三浦綾子

翌年三浦光世が突然現れるまでの、この言わば愛する者が不在だった慟哭《どうこく》の一年間。それはこんな前川正を悼む挽歌《ばんか》を詠みながら喪に服する時間でもあったが、しかしこの時間は彼女の人生のなかで最も聖なる時間でもあった。

特にこの一九五四年のクリスマスは、綾子の人生にとって特別な時となった。彼女の六畳の病室にはベッドの横に一つの椅子があった。それは前川正が一年前まで坐《すわ》っていた場所であった。そこで共に文学と信仰を語り、共に祈ったのであった。そして半年余りすれば三浦光世が坐ることになるであろう椅子。しかしそこに彼らはいなかった。「誰もすわっていないその椅子に、まさしくイエス・キリストがすわっていられた。いま考えても、あの年ほど豊かに満ちたりたクリスマスはなかったような気がする」「健康も、恋人も、師も失ったわたしに、思いがけなく深い満ちたりた喜びがあった」と書かれている。

貧しい人々は幸いである、神の国はあなたがたのものである。

（「ルカの福音書」六章二〇節）

私は年齢相応に見られることがあまりない。三十代だった十年数年前、ある場所で調査をしていて、父親ぐらいの年齢の人に、
「森下さんは終戦のときはどちらにいらっしゃいましたか？」
と聞かれて困ったことがある。この悲劇は二十五歳のときに始まった。あるとき、人に「森下君、てっぺんが薄くなってるよ」と指摘されて気づくという迂闊《うかつ》さだった。額が少しずつ広くなっているという自覚はあったのだが、てっぺんからも来るとは思わなかった。「青天の霹靂《へきれき》」ならざる、「てっぺんの霹靂」だった。

それまで困るほど髪が多かった私にとってハゲは信じがたいものだった。〈老い〉とその向こうにある〈死〉、そして〈愛されにくい存在になる〉ということを突きつけられて、鏡を見るのがいやになり、苛立《いらだ》ちと悪夢に襲われた。そして絶対に負けるとわかっている戦いに出てゆく勇者のような気持ちになった。特に、女性に好かれるために今までだってあんなに苦労していたのに、もう駄目だと思った。ちょうど運悪く深夜ラジオで「女性に聞きました。あなたの好きな男性のタイプは？」というアンケートの結果を発表していた。太った人がいいという人も、足の短い人がいいという人もいたが、ハゲの方が好きという人だけは、何とゼロパーセントだった。希望がないじゃないか！　大変なショックだった。

しばらくのた打ち回った挙句、私は天に向かってこう叫んだ。

「みんな、ハゲろー！　世界中の男は、みんなハゲろー！」

このとき本当に私は禿《は》げていたのだと思う。人生の上辺が剝《は》がされたのだ。ふさふさしていたときには隠せていたのに隠せなくなった本当の私。中身も自信もない、死や老いに対する解決を持たない、不貞腐《ふてくさ》れた、本当ははじめから悲惨だった私。空しくて、そして人を呪うような私が、丸裸にされてしまったのだ。

しかしここが大事なのだ。聖書を読むと、イエス・キリストも十字架の上で叫んでいる。

「エリ・エリ・レマ・サバクタニ（我が神、我が神、どうして私をお見捨てになったのですか）」

私の場合は「我が髪、我が髪、どうして私をお見捨てになったのですか」だが、人はこう叫んでよいのだ。喚《わめ》いたり泣いたりしていいのだ。そのためにキリストは見本を示しているのだ。「健康も、恋人も、師も失った」堀田綾子も叫んだだろう。その叫びの姿が本当の貧しさということだ。人生のなかで一番大事な出会いというものは、そのようなときにしかない。人にせよ、言葉にせよ、世界の真理にせよ、あるいは使命にせよ、出会いの事件として私たちの心に刺さってくるとき、それは聖なる時間である。

星《ほし》野《の》富弘《とみひろ》という人も『塩狩峠』を読んで衝撃を受け、『道ありき』を読んで希望を持ち、聖書を読んで信仰を持った人だ。二〇〇四年、念願の塩狩峠を訪れ、そこで目にした野菊を描いたとき、彼はそこに「あの人のように なりたくてあの人の 後を追っていたら あの人の前に キリストがいた」と書き込んだ。

彼は「れんぎょう」の花を描いて、そこにこんな詩をつけている。

私は傷を持っている
でも　その傷のところから
あなたのやさしさが　しみてくる

（詩集『風の旅』）

彼は二十三歳で中学校の体育の教師になるが、二か月で大けがをして首から下が全く動かないからだになってしまう。何度も生死の境を彷徨《さまよ》い、彼は自分のそれまでの人生が真っ二つに断ち割られているのを認めなければならなくなった。いつか治るんじゃないかと思いたかった。しかしその希望は完全にへし折られていった。この詩の一行目「私は傷を持っている」と語れるまでに彼はどれだけの地獄を通っただろう。しかし、彼はそこで「あなたのやさしさ」に出会っていった。「百姓の女」とさげすんでいたお母さんのやさしさ、友だちや家族や病院で出会ったたくさんの人たちのやさしさ、結婚してくれた昌子さんのやさしさ、大嫌いだったあの田舎のやさしさ、そして、それらの背後にある大文字の「あなた」のやさしさに、彼は出会った。そのときに、彼はやっと「私は傷を持っている」と言えるようになった。「傷を通してしか出会えなかった〈あなたのやさしさ〉のことを思うと、この傷はあなたに出会うために私の人生にあなたが開けてくださった扉だったのですね」という神への感謝と共にこの一行は語られているのだ。

三浦綾子は一九八八（昭和六十三）年五月、星野富弘を群馬県に訪ね、一日を共に過ごし語り合うが、そのたった一度の出会いと対談を記録した『銀色のあしあと』には、本文前のページに木瓜《ぼけ》の花が描かれていて、そこに星野富弘は聖書の詩篇一一九篇の言葉を書いている。

「わたしは　あなたのみおしえを　喜んでいます　苦しみに会ったことは　わたしにとって　しあわせでした」

「愛するか？」　三浦光世の訪れ

前川正が死んで一年一か月後の一九五五（昭和三十）年六月十八日土曜日の午後、突然三浦光世が堀田綾子を見舞う。二人が共に属していた同人誌『いちじく』の主宰者であった菅《すが》原豊《わらゆたか》が病状の芳しくない綾子を心配して三浦光世に見舞いを依頼したのだ。『いちじく』は結核療養者と死刑囚のための同人誌で、いつも死と対峙《たいじ》して生きねばならない者たちが励まし合い学び合うためのものであった。菅原豊はそのとき三浦光世を女だと思って見舞いを依頼したらしいのだが、三浦光世は菅原から来た葉書をポケットに入れ、しばらく戸惑っていたという。一九五五年六月十八日、母の堀田キサが取り次いで「綾子、『いちじく』の同人の三浦さんという方がお見えですよ」と言ったとき、綾子は驚いた。彼女は三浦光世の名を

『いちじく』で知っていたが、死刑囚の消息に詳しいことから、三浦光世も死刑囚に違いないと思っていたのだ。「光世」と言うからにはクリスチャンの家庭に生まれた人に違いない。なのに、どうして死刑囚になるようなことをしたのかしらと思っていたというのだ。

L字形に曲がった廊下を軽い足音をさせてその人は近づいてきた。そして戸を開けて病室に現れた人、白に近いグレーの背広を着て立っていた三浦光世を見たとき、綾子は目を疑った。亡き前川正にあまりにそっくりだったのだ。

三浦光世はひと月に一度、堀田綾子を見舞うようになり、三度目の見舞いのときには、「私の命をあげてもいいですから、堀田さんを癒やしてください」と祈った。綾子は激しく感動した。綾子は三浦光世が前川正にあまりに似ているゆえに戸惑いながら、しかし三浦光世に惹かれていった。そして二人の間には静かに愛が育っていった。

一年ほど経《た》った夏のある朝、三浦光世は綾子が死ぬ夢を見て、愕然《がくぜん》として目覚めた。それから彼は綾子の病が癒やされるようにと真剣に祈った。一時間も祈ったとき、彼は耳に「愛するか」という不思議な声を聞いた。「愛するか」とはどういうことなのか？　彼女と結婚する覚悟を問われているのだろうか？　彼は祈った。

「もし、結婚を前提に交際していくのが神のご意志であれば、どうかその愛を与えてくださ い。私にはその愛がないのです」

（三浦光世『妻と共に生きる』）

この祈りが素晴らしいと思う。もう十分好きだったはずだが、それだけではだめで、本当に一生を共に生きてゆけるだけの愛が自分にはないと悟った三浦光世は、へりくだって愛をくださいと祈ったのだ。

三浦光世はしかしすぐに、綾子に愛の手紙を書いた。綾子は答えた。

「でもわたしはこのとおりの病人なのですよ。愛してくださっても、結婚はできませんわ」

彼はすぐに言った。

「なおったら結婚しましょう。あなたがなおらなければ、ぼくも独身で通します」

何というありがたい言葉であろう。わたしは激しく感動した。しかしただひとこと、やはり正直に言って置かなければならないことがあった。

「三浦さん、わたし、正さんのことを忘れられそうもありませんわ」

三浦光世はそのわたしに言った。

「あなたが正さんのことを忘れないということが大事なのです。あの人のことを忘れてはいけません。あなたはあの人に導かれてクリスチャンになったのです。わたしたちは前川さんによって結ばれたのです。綾子さん、前川さんに喜んでもらえるような二人になりましょうね」

（『道ありき』五二）

信じられないほどの言葉。前もって用意していたのだろうかと疑いたくなるほどの台詞《せりふ》だ。

こうして三浦光世は前川正を忘れられないという堀田綾子をむしろ尊んで娶《めと》った。言わば前川正ごと娶ったのだ。これは比喩《ひゆ》ではない。三浦光世はいつも背広の胸に革の薄い写真入れを持っていて、そこには夫婦で撮った写真と共に前川正の写真が一枚入っている。妻のあるいは夫の昔の恋人の写真を肌身離さず持って歩いている人がいるだろうか？　変人の部類じゃないかと疑いたくなるだろう。しかし三浦光世は、聞けば聞くほどこの前川正を尊敬せずにいられなかった。そしてこの前川正のように綾子を愛して生きていきたいと願ったのだ。だから、三浦家の二階の部屋、執筆し、祈り、夜は夫婦が寝るその最も大事な部屋の隅には小さな棚が立っていて、そこには前川正の写真と手術で切除した肋骨《ろっこつ》と綾子に宛てて書かれた遺書が、ずっとあった。そこで夫婦は四十年、前川正と共に生きたのだ。そして綾子が亡くなった今も、それらの品はそこにある。

結婚とは何か？　互いが、その人の中に始まっている神の業《わざ》を喜んで尊んで受け入れ、共に歩むことではないか。ヨセフがマリヤと結婚したとき、ヨセフはその人の中ですでに信じられないような前代未聞の神の業が始まっているのを知っていた。信じられないことだったのに、それを信じて喜んで尊んで受け入れ、その神の業がなるように協力した。それがヨセフの結婚だった。堀田綾子と三浦光世の結婚も同じ型だった。三浦光世が堀田綾子を前川正ごと娶ったとき、堀田綾子のなかに『道ありき』の前段階である「太陽は再び没せず」を書く基盤はできた。夫が「昔の男のことなど忘れろ」と言ったら、『道ありき』は書けなかったはずだ。夫婦にとって大事なことは、美味《おい》しいものを作ってやったり、海外旅行に連れていったりすることではない。その人の中に計画されている神の業が成就するように、ひとりひとりに与えられている道、その使命が果たされるように、互いにサポートすることではないか。この夫婦を見るとそれがわかる。

「私にはその愛がないのです。その愛をください」と祈った、はじめの祈りに対する答えがここにある。その人の人生の全体を、自分に出会うずっと前の過去から理解し肯定して受け入れ、行く手を指さして共に歩もうとする、配偶者らしい愛がここにある。

ひとりひとりに与えられた道がある

戦争が終わった頃、旭川にいた三人の若い結核患者。ひとりは前川正。もうひとりは三浦光世。そしてもうひとりは堀田綾子。

前川は北大の医学部生だったが、結核になり、自分の人生がもう多くは残されていないのを感じたときに、幼馴染の堀田綾子の噂《うわさ》を聞いた。神は彼に彼女を愛し救うようにと声をかけ仕事を与えられた。一九四八年の暮れ、前川は結核療養所の堀田綾子を訪ね、それからの五年半の時間を堀田綾子のために注ぎ尽くした。前川は「ヨハネの福音書」一三章の「イエス、父のもとに行くべき己が時の来たれるを知り、世にある己がものを愛して、極みまでこれを愛し給えり」という言葉に突き動かされていた。極みまで愛すること、それは人間に可能だろうかと、彼は問いながら、責められながら、その道を歩んだ。綾子が洗礼を受けたとき、綾子の長い療養のために綾子の父が負っていた借金を自分が背負いたいと彼は考えた。綾子を愛するゆえに、早く治って医者になりたいと思った前川は、親に内緒で旭川から札幌に出て来て、肋骨を八本切除するという危険な手術を敢行した。経過良好だったのはわずかの間で、やがて喀血《かっけつ》が始まった。一九五三（昭和二十八）年十一月十六日、前川は自分の肋骨の入った箱を携えて旭川市九条十二丁目の堀田家を訪れた。そしてその箱を綾子に渡し、握手をし、窓を開けてその日降り始めた初雪を共に見て、帰って行った。それはこの世で二人が相見《あいまみ》えた最後の時間となった。半年後男は死んだ。女は、肋骨の箱を抱いて泣いた。棺《かん》桶《おけ》のようなギプスベッドに縛り付けられていた女は通夜にも葬儀にも行くことは許されなかった。そして、女は号泣しながら、自分がこの男の肋骨から生み出された者であることを知ったであろう。男が女をどう愛さねばならないか、女が男の愛をどう受け止めて生きてゆくべきか、アダムの肋骨からエバが造られたという「創世記」の不思議な物語の意味まで教えてくれている。だから、女は、やがて五年の後、この肋骨を抱いて、その肋骨ごと愛して受け入れてくれるもうひとりの男の所に、お嫁に行くことになる。

前川が死んでひと月後、綾子を訪ねた前川の母が渡してくれた遺書にはこう書かれていた。

お互に、精一杯の誠実な友情で交わって来れたことを、心から感謝します。綾ちゃんは真の意味で私の最初の人であり、最後の人でした。綾ちゃん、綾ちゃんは私が死んでも、生きることを止めることも、消極的になることもないと確かに約束してくださいましたよ。万一、この約束に対し不誠実であれば、私の綾ちゃんは私の見込み違いだったわけです。そんな綾ちゃんではありませんね！

一度申したこと、繰返すことは控えていましたが、決して私は綾ちゃんの最後の人であることを願わなかったこと、このことが今改めて申述べたいことです。生きるということは苦しく、又、謎《なぞ》に満ちています。妙な約束に縛られて不自然な綾ちゃんになっては一番悲しいことです。

綾ちゃんとのこと、私の口からは誰にも詳しく語ったことはありません。頂いたお手紙の束、そして私の日記（綾ちゃんに関して書き触れてあるもの）歌稿を差上げます。これで私がどう思っていたか、又お互の形に残る具体的な品は他人には全くないことになります。つまり、噂以外は他人に全く束縛される証拠がありません。つまり、完全に『白紙』になり、私から『自由』であるわけです。焼却された暁は、綾ちゃんが私へ申した言葉は、地上に痕《あと》をとどめぬわけ。何ものにも束縛されず自由です。

　これが私の最後の贈物

　　　念のため早くから

一九五四、二、一二夕　正

綾子様

（『道ありき』四三）

ここで前川が何よりも強調していることは、生きるという約束の確認と、あなたは私から自由だということ、そして重要な預言は「生きるということは苦しく、又、謎に満ちています」という言葉だ。やがて綾子は悲しみの一年のあとで三浦光世と出会い、戸惑いながらも彼を愛するようになってゆくが、前川は、それをすでに予見していたかのように、先回りして、あらかじめ許し、慰め、信じ、祝福して送り出していた。

前川が死んで一年後、現れた三浦光世は堀田綾子を支え、祈り、「あなたは治って、大きな仕事をする人です」と励ました。堀田綾子の闘病は全部で十三年間、そのうち七年間はギプスベッドのなかだった。青春時代の後半十三年を病に奪われ、三十七歳で癒やされた堀田綾子は、二歳年下の三浦光世と結婚して三浦綾子となった。

前川正が死んで五年後の一九五九（昭和三十四）年五月二十四日、旭川六条教会で堀田綾子は三浦光世と結婚した。満堂の人々に拍手されながら、彼女は「正さんありがとう。私、今日、三浦さんと結婚しました」と心のなかで語りかけた。そのとき彼女は十三年の闘病の後に奇跡的に癒やされて立つことができるようになったその足で、結婚の誓約を交わした講壇から降りてきながら、自分と同じ年数、十三年の闘病を経て死んでいった前川正のことを思ううちに、この日のこの結婚も前川正の祈りの手の中にあることに気づくのだ。彼女は、この日のためにも彼が自分をあらかじめ許し祝福し祈っていてくれていたことを知る。そうして彼の愛の深さを、また少し、弟子であり恋人であった女は知るのだ。

三浦綾子は結婚から数年後、処女作『氷点』を書いて四十二歳で作家になり、七十七歳で死ぬまで一生神の愛を伝え、苦難にある人を励ます作品を書き続けた。夫は、腱鞘炎《けんしょうえん》でペンが持てなくなった妻のために、二十年以上勤めた営林局の仕事を辞めて、口述筆記をするようになった。ある者は作家としての使命を与えられて、三十年以上にわたって小説を書く仕事をする。またある者は病弱な妻を支え、妻のサポートをする仕事に召される。多くの病気をした妻を献身的に介護し、妻亡きあとも、三浦綾子記念文学館の要職の務めを果たし、妻と共に歩んだ人生を語ることで妻の遺志を継ぐ仕事を為《な》している。しかしある者には、わずか数年の間、反抗的で虚無的であった一人の女を愛するというだけの仕事が与えられるのだ。

それぞれの仕事は違い、与えられた道は違う。しかし亡くなる数年前、前川正は綾子に言った。

「綾ちゃん、人間はね、一人一人に与えられた道があるんですよ。（略）…ぼくは神を信じていますからね。自分に与えられた道が最善の道だと思って感謝しているんです」

（『道ありき』二三）

ここに希望がある。ひとりひとりに道があり、仕事がある。どんな状況になっても、まだその人にしかできない使命が、その人だけの道が用意されているかも知れない。人がすべきことは、その道を教えてくださいと求めることだ。

数年前、友人から電話があり、お父さまが末期癌《がん》で余命一か月と宣告されたという。何とも慰めるすべもない沈黙を破って、彼がこう言った。

「ところがうちの親父は、今すごくイキイキしてるんです」

耳を疑う私に、彼はこんなことを言った。癌の病棟にいると次々に患者が入ってくるのだが、手術となるとなかなか首を縦に振らない。そこで彼の父の出番が来る。

「わしはなあ、もう全身に癌が転移してもう手術してもらえんのんじゃ。あんたはまだ手術できるんじゃろ。まだ手術してもらえる間にしてもらったらどうじゃ」

そう言うと、ためらっていた人が決心する。

「それで親父は、まだわしにも仕事がある！　と言ってるんです」

と言うのだ。人間ってなんてすごいんだろうと私は思った。末期癌になっても、自分のすべきことがわかれば、使命があればイキイキと生きられるのだ。

自分の使命がわからないほど、悲惨なことはない。根本がわかっていないから、やることなすこと的が外れてゆき、少しの失敗で挫折し絶望することになる。自分で自分がわからないということ、それが絶望だとキルケゴールは言ったが、まさに敗戦後の堀田綾子も『氷点』の主人公陽子も、自分の生きるべき方向がわからない闇の中で、危険な死の領域を彷徨わなければならなかったのだ。

三浦綾子は晩年「私にはまだ、死ぬという大切な仕事が残っている」と繰り返し語ったが、これを聞いたときの衝撃も忘れられない。死ぬことも仕事とは、なんと堂々とした人生の歩み方だろう。何もできなくなっていやいや連れていかれるのが死だと思っていたが、そうではないのだ。自分を生まれさせ、生かし、小説を書くという仕事を与えた神が、「最後にもうひとつ、お前にとても大事な仕事を与えるよ。それは死ぬという仕事だ。お前がちゃんとその仕事を果たすかどうか、わたしは見ているからね」という声でも聞こえているのだろうか？　そんな神との信頼の関係、生の最初から最後までが全部その腕に抱きしめられてあるという実感でもなければ、こうは言えないだろう。

奇跡はある

数年前、『氷点』を新聞連載していた頃の三浦綾子のノートを見て、驚いた。そこには何度も「主よ書かせたまえ。主よ書かせたまえ」と書きなぐられていたのだ。彼女はなぜそんなにも激しく叫び求めたのだろうか。作家として歩みだしたばかりで、書くことに慣れないための不安があったのか。勿論《もちろん》それもあるだろう。しかしそれだけではない。その核心は、神の計画されている働きに間に合う作品を書くことができないことを恐れるゆえの叫びであったと思う。「主よ書かせたまえ」とは「主よ、多くの人に生きる勇気と希望を与え、あなたの愛を届けるものを書かせてください。私の力でなくあなたの力で。あなたの力によってしかそれは書けないからです」という意味であろう。書くという仕事を、まさに神から与えられた使命として自覚していたことがよくわかる。

これを見た私は「しめた！」と思った。三浦綾子も叫んでるぞ。三浦綾子が三十年にわたって書いた百冊近い本、あれも全部この祈りに対する応えだったのだ！　三浦綾子の神さまと、私の神さまと、同じ神さまなら、私も叫べば同じように応えてくださらないはずはない。

確かに、奇跡はある。それが三浦綾子の自伝が語るひとつのメッセージである。飢え渇いた魂で、神に求めるならば、けんか腰でもいい、本気で求めるならば、神は道を明らかにしてくださる。奇跡はある。それは堀田綾子だけの特別な物語ではない。すべての人に可能な物語であるということ。

＊

一九五六（昭和三十一）年六月、堀田綾子を見舞った一人の老人がいた。東洋一のクリーニング会社白洋舎《はくようしゃ》を創設した五十嵐健治《いがらしけんじ》、八十歳。のちに三浦綾子はこの五十嵐健治の人生を『夕あり朝あり』というワクワクするような伝記小説に書いている。この頃彼はすでに事業を息子たちに託して、自身は訪問巡回伝道者のような働きをしていた。この五十嵐健治が旭川に住む無名の結核患者にすぎなかった堀田綾子を訪ねたのだ。このとき五十嵐は旧約聖書の「ヨナ書」を開いて「神は備えてくださる方である」ということを語り祈っていった。

しかし、そのとき彼は堀田綾子の病状を見て、正直なところ「かわいそうだが、このお嬢さんはもう長くはないだろう」と思ったという。そしてそれは堀田綾子の方でも同じで、私はもうすぐ死ぬに違いないと思っていたのだ。この場面を想像してみるに、もしここに未来を知る者がいたとしたら、可笑《おか》しくて噴き出してしまうのではないかと思う。この二人のうちの、死にそうな結核患者の方がのちに作家になって、もう片方の老人の伝記小説を書くことになるなんて、誰にも想像もできなかっただろう。『道ありき』を書いているとき、三浦綾子は神の眼差《まなざ》しをそこに見ていると思う。神さまは私たちをそばで見ていて、どんなに可笑しかっただろう。今に見ておれよと、思いながら笑っておられたのだろうなあと。堀田綾子よりも五十嵐健治よりも、つまり人生を生きている本人よりも賢い神がおられる。挫折や絶望や死の病や自殺未遂、かけがえのない恋人の死や自分の病気による親の借金や、そして神に対する反抗さえも用いながら、ひとりの人をその後の使命のために練り養い成長させていった賢い神がおられるということ。そのことに気づきながら、この自伝は書かれている。自分ではもう歩む道がないと思っていて、全く気づかなかったときにも、すでに道は足の下にあったのだと、この自伝は叫んでいる。

苦難のなかにあるとき、人は耳に「お前なんか、もうどうせだめだよ!」「あんたの人生に、もういいものなんか何にも残ってないよ」「生きてるだけ無駄だよ。家族や人に迷惑かけるだけじゃないか」という嘲《あざけ》りの声を聞いてしまうものだ。そして多くは他の人がではなく、自分が自分にそう言うのだ。堀田綾子もギプスベッドの中で来る日も来る日もこの声を聞かされただろうと思う。もう何も愛せるものがこの人生に残っていないという砂漠感《さばくかん》、もう死んでしまえという嘲りに満ちた誘い。堀田綾子自身がそれを体験し、それと闘ったのだ。だからこそ、この自伝は、「生きるすべがないように思える苦難の日には、この堀田綾子の生涯を思い出してください。それでも道はあるから、道はあったとあとで必ずわかる日が来るから」と語っているのだ。新約聖書の「使徒の働き」という箇所にこんな言葉がある。

見よ。あざける者たち。驚け。そして滅びよ。わたしはおまえたちの時代に一つのことをする。それは、おまえたちにどんなに説明しても、とうてい信じられないほどのことである。

(「使徒の働き」一三章四一節)

人を絶望と死へと追いやろうとする嘲りの声を滅ぼし、とうてい信じられないことを為す神がおられる。三浦綾子の人生がそれを証明している。だから神に信頼して自分の人生の道を精一杯生きて大丈夫なのだと、この自伝は奨《すす》め、励ましている。三浦綾子が作家として一番伝えたかったことの中心がここにある。そして、それは『氷点』以前に『道ありき』の縮約版ともいえる「太陽は再び没せず」をまず書いたことでも証明されているが、実に『氷点』の最大のテーマもまた、この絶望の闇からの救いにあるのである。

1 『氷点』はこうして生まれた

辻口家のモデルになった藤田邸。
堀田綾子はここで開かれる
俳句の会に出席していた。

手を伸ばせば

一九五九（昭和三十四）年の結婚と新居のよろこびを回想した光世のこんな短歌がある。

手を伸ばせば天井に届きたりきひと間なりき吾等《われら》が初めて住みし家なりき

腎臓《じんぞう》結核に続く膀胱《ぼうこう》結核の烈《はげ》しい痛みで横になって眠ることもできない夜、苦し紛れに傍の棚にあった母の聖書に手を伸ばして読み始めた二十四歳の三浦光世。そのとき温かく行動的な兄健悦《けんえつ》はこの弟のために教会から牧師を呼んできてくれて、月二回の聖書の学びを通して三浦光世はキリストを知った。こんな短歌もある。

苦しみに遭ひたるはよし腎一つ摘《と》られてキリストを知りて今日あり

三浦光世は病苦のなかで手を母の聖書という天の方に伸ばしたのだ。

そして堀田綾子も、その仰臥《ぎょうが》するベッドで、天に向かって祈りの手を伸ばしていた。恋人も健康も師も失った彼女には、他にもはや希望などなかったのだ。

彼らはそれぞれにその祈り求めの手を天に向けて伸ばした。そしてその祈りは天に届いた。それは応えられた。その答えがここにある。ひと間だけの小さな家、しかし二人のそれぞれの祈りが一つの実となったその家、一つの器として、一つの心になって住んだ家、「吾等」として住んだはじめての家。それは神の愛と憐《あわ》れみを証詞《あかし》するものである。そしてそれゆえに、この家から始まったこの夫婦は、このはじめの愛への感謝と謙遜《けんそん》を忘れずに歩み続けた。

伝道する

結婚後健康になった綾子は、引っ越しをきっかけに雑貨店を営み、のちの『道ありき』の内容をほぼ縮約した形の『太陽は再び没せず』を書き、「主婦の友」が募集した「愛の手記」に林田律子のペンネームで応募。これが一九六二年一等入選し、活字となって「主婦の友」に掲載された。このとき思いもかけない多くの反響があったことは、翌年彼女に『氷点』を書かせる大きな勇気と動機を与えた。彼女にとっては雑貨店も、文章を書くことも、洗礼を受けたとき西村久蔵先生から教えられた「クリスチャンは伝道するものだ」ということの実践であった。『太陽は再び没せず』の反響によって綾子は、活字によって世に語りかけることの大切さと力の大きさを感じたのだ。

書き始める

一九六三年の元日、年始に行った両親の家で、綾子は朝日新聞の一千万円懸賞新聞小説の社告を見せられた。一年分の新聞小説というのは全くの素人の手に負えるものではない。「私には関係ないわ」とそのときは答えたという。ところがその晩、「妻の不注意で子どもが殺されるとしたら……そうだ！　これを発端として物語を展開してみよう」と、社告のことも忘れて想を練るうちに、長編小説のあら筋ができてしまったのだ。

翌朝、夫に小説のあら筋を話して、執筆の許可を得、実際には数日後、まず陽子の遺書から作品は書き始められた。このように核心部分から書いてゆくやり方は、テーマ性の強い骨組みのしっかりした作品を生み出す三浦文学の方法的基盤であったのかも知れない。昼間は雑貨店の店主として働き、夜毎に書き継いで一年、約千枚の長編を書き上げるのだが、本格的な小説を書くのもはじめて、新聞小説も勿論はじめての綾子は、古本屋で見つけた『創作方法』という本の中の、新聞小説作法の項目、丹羽文雄《にわふみお》が書いたわずか十六ページの部分を繰り返し読み、文庫本を常に携帯して、書き方を学びながら、書いていった。千枚もはじめの一枚から、一枚もはじめの一行からという気持ちで書いていったという。とうてい無理と思っても「はじめる一歩が道を開く」と三浦綾子は語った。そうやっていつも三浦綾子は招いているのだと思う。自分は特別じゃない。誰でも同じ、私は先にやってみた見本に過ぎない。あなたにもできると。

『氷点』という題

『氷点』という題は、書き始めて間もない一月二十二日、夫光世が思いついた題だったようだ。光世はこの後も『天北原野』『果て遠き丘』『生命に刻まれし愛のかたみ』など、多くの作品に題をつけている。朝、勤務先の神楽《かぐら》の旭川営林局へ通勤するとき、バスを乗り換える市内四条八丁目のバス停で、「今日も寒いな。氷点下何度ぐらいかな？　氷点下、氷点下、氷点か、氷点か！」という感じで、「綾子が書いている小説、主人公の少女が心が凍えて死んでしまうというようなことらしいが『氷点』という題はどうだろう」と思いついたのだと、夫自身が繰り返し語っている。こうして名づけられた小説を、綾子は夜インクが凍るような『氷点』にふさわしい寒い部屋で書いていった。書いた原稿は、翌日の夕方帰宅した夫に読んでもらって、感想を聞いた。歌の才のある夫は時には厳しい評もしたようで、そういうときは全部捨ててしまうこともあった。

土の器になる道　夫と共に

綾子が経営する雑貨店の近所に、あるとき新しい雑貨店ができた。この店は今もあって、しかも名前が「安井商店」という。強力なライバル出現だ。そのときに、夫は、とんでもないことを言いだした。

「向うさんは子どもさんも多いし、店は成功させなければならないよ。こっちの店はつぶれても、家族は綾子だけだ。わたしの月給で食べていけるではないか」

「お客さんが来たら、恐れいりますが、その品はございませんので、あちらさんでお求めくださいと、言ったらいいんだよ」

（『この土の器をも』二十九）

さすがの綾子もこれには呆《あき》れてしまったが、それを通して彼女は、「敵を愛する」ということや、「自分自身のように隣人を愛する」ということの難しさという『氷点』の重要なテーマについて思索するよい学びをしている。生活のなかで思想を深めてゆき、大事なテーマに気づいてゆく。それが三浦綾子であった。綾子も前川正に導かれてしばらくの間アララギ派に加わり短歌を詠んでいたが、アララギ派は〈写生〉を大事にする派である。事実をよく見ることと、その事実の中にある真実を見出《みいだ》すこと、それは三浦綾子の基本的な文学創作の体質にもなっている。

＊

小説を書き始めることを思い立って夫に許可を乞うたとき、光世はこう祈ったという。

「……この小説が、神の御心に叶《かな》うものであれば、どうか書かせてくださいますように。もし神の御名を汚すような結果になるのであれば、書くことができなくなりますように……」

（『この土の器をも』二十八）


自分は器に過ぎないという自覚がなければ、こんな祈りに同意することはできないであろう。綾子はこうして器になることを学んでいった。私は土の器に過ぎないという自覚は、光世の祈りと信仰が先導する形で、綾子の中に形成されていった。

三浦光世の祈りと預言

ところが、小説の締め切りが迫ってきた年末。毎年の子どもクリスマス会の準備をしなければならない段になって、綾子はこんなことを言いだした。

「ねえ、光世さん。今年はクリスマスを、正月になってからしましょうよ。小説が間に合わないわ」

言下に三浦は答えた。

「神の喜び給うことをして、落ちるような小説なら、書かなくてもよい」

ふだんは優しいが、一朝事あると三浦は頑固なほどにきびしい。

「でもね、コピーも取らなきゃならないのよ。落選しても、原稿は返さないと、応募規定に書いてあったわ」

「綾子、入選するにきまっている原稿のコピーなど、どうして必要なんだ」

（『この土の器をも』三十一）


「入選するにきまっている」とはどういうことか。実は夫光世は入選を予言していたのだ。五か月前の、七月のある朝のことだった。二階から降りてきた夫が、いきなり「綾子、この小説は入選するぞ」と言うのだ。なぜと問うと、今朝聖書の言葉がひらめいたのだと言う。

〈なんでも祈り求めることは、すでにかなえられたと信じなさい。そうすれば、そのとおりになるであろう〉

「ほら、すでにかなえられたと信じなさい。と、書いてあるだろう。そして、そう信じたら、そのとおりになるのだ。このみ言葉がひらめいたのだ。だから入選するよ」

（『この土の器をも』三十一）


こうして、子どもクリスマスも予定通りやって、『氷点』は締め切りの十二月三十一日未明に完成、その日旭川市六条通り九丁目の現在旭川グランドホテルの所にあった旭川郵便局の本局からこの日の消印が押されて東京有楽町の朝日新聞に送られていった。そのときも二人は、「神の前に、心からなる感謝を捧《ささ》げ、もしこの作品をよしと見給うならば、世に出してくださるように」と祈った。

三浦光世の祈りは『氷点』の成立にとって、そしてこの作家にとって非常に重要なものだ。綾子を外国樹種見本林に導いて『氷点』の舞台にさせたのも、彼が神楽の営林局に勤めていた昼休みに林を訪れては、まだ病床にあった堀田綾子のために「早く元気になって、一緒にここに来ることができますように」と祈った祈りへの応えでもあった。そうして見本林への道は整えられて、三浦綾子という作家の出発までも決めることになったのだ。

また、夫は妻が夜な夜な応募作を書いている間、妻のために少なからぬ時間祈っていたという。古今東西の文学作品の中で、妻が執筆をし、夫がそのために傍らで祈っているというような形で書かれたものが他にあるだろうか? それだけでも『氷点』は類《たぐい》まれなる書であるといえるだろう。私は『氷点』を読解していて不思議に思うことがしばしばある。作家はここまで考えていたのだろうか? と。夫の三浦光世氏も私の解説に耳を傾けてくださりながら、「綾子はそこまで考えていたのでしょうか?」と時に言われる。しかし、作品はそのように書かれているのだから仕方がない。作家自身が書いているつもりのないことまで書けている、ということは時にあることだろうとは思うが、この作品の場合は、多すぎるような印象を受けるのだ。そしてそれが、リアルタイムでなされた夫の祈りに原因がないとは思えないのだ。綾子自身、のちに『氷点』は神に書かされた作品だと言っている。

応募総数七百三十一篇、何度かの選考の後に、一九六四年七月六日に内定、七月十日朝日新聞朝刊の第一面に、一千万円懸賞新聞小説入選作として発表された。

書き直し

ところが、当選がほぼ決まった頃、朝日新聞はとんでもないことを言ってきた。応募規定にあった一日分の原稿量三枚半を三枚強に書き直すようにというのだ。これは簡単なことではない。新聞小説は、毎日、あしたはどうなるのだろうと読者に思わせなければならないのだから、区切り方を変えても駄目で、結局は全部書き直さなければならないのだ。しかし綾子はその要請に即座に応じて、全編を書き直し始めた。

この書き直しの意味は大きい。それによって三浦綾子は作家になった。応募原稿を書いた時点では彼女は無名の素人であったが、書き直すときはすでに多くの読者に「一千万円の小説」として期待されている作品を書く作家であった。入選記念の講演会を日本中でする機会が与えられた三浦綾子は、どこへ行っても会場を埋め尽くす満員の聴衆を見て、日本中からの大変な期待を肌で感じていた。こうして、多くの読者に待たれている作品を生み出す作家（まだ一つの作品も世に出ていない有名作家！）として、練り直し書き直すことが許されたのだ。この書き直しで変わった大きな点は、冒頭の時代の変更、結末の陽子が助かるかどうかわからないようにしたこと、洞爺丸《とうやまる》台風の事件を入れたことなどだが、この書き直しによって『氷点』は間違いなく格段によいものになった。

そういう事情で、三浦綾子の作品のうち、この作品だけが複数の原稿が残っている。原稿は①下書き原稿、②応募原稿、③新聞連載用推敲《すいこう》原稿の三種で、これらは三浦綾子記念文学館でコピーが閲覧できる。『氷点』の原稿は、そのほかに、部分的なものであるが、旭川明成高校の地の塩文庫所蔵の原稿、北海道立文学館所蔵の原稿がある。

書き直された『氷点』は、その年の十二月九日から翌年の十一月十四日まで朝日新聞朝刊に掲載された。単行本になるとすぐに大ベストセラーとなり、何度も映像化された。二〇一三年末現在で映画一本、テレビ八本と記録されている。

三浦綾子という奇蹟

三浦綾子の『氷点』でのデビューは一つの奇蹟であったといわれる。それには幾つかの理由がある。一つには、文学的なキャリアのない平凡な中年の主婦が突如として大ベストセラーとなる作品を書いたこと。そして二つ目は、近現代の日本文学のなかでは稀有《けう》なはっきりとした宗教性を持ちながら多くの読者を獲得したことである。

ではその奇蹟の根本にあったものは何であったのか。それは、彼女の人生に起きたもうひとつの奇蹟によって与えられたテーマであり、それによって彼女の書くことへの使命が決定づけられたのだ。

小学校教員としての敗戦、教科書の墨塗りと絶望、二人の人と同時に結婚の約束をするような頽廃《たいはい》、結納の日に倒れその自分を「ざまあみろ」と思うような心、十三年に及ぶ結核・カリエスによる闘病生活、オホーツク海での自殺未遂。そんな中で幼馴染のクリスチャン前川正に導かれてキリストに出会って、立ち直り、三浦光世との出会いと彼の祈りのなかで癒やされていった、その人生で与えられたこと。すでに見た自伝『道ありき』に描かれた物語、そして何よりもその絶望と救い、闇と光、淋《さび》しさと愛の温かさにこそ、『氷点』のテーマ、『氷点』を書かせた動機はある。

テーマの発見

書きながら、人間の社会はなぜこんなにも幸福になりにくいのか、一体その原因は何かと考える時、やはり教会で教えられている罪の問題に、つき当らずにはいられなかった。この罪の問題をクリスチャンとして訴えねばならぬと思った。

(『この土の器をも』三十一)

作品の核心部、陽子の遺書が語る、淋しさの中で死ななければならない心こそ、堀田綾子自身の敗戦後の絶望した心であった。人生の目的も、生きていていいという確信も、愛し愛される心の熱も、すべて喪失し、罪責感だけが残った魂の淋しさ。この陽子の心を凍らせてしまう淋しさの闇の意味と、その闇に対する光、少なくともその光の来る方向だけは、指し示さねばならないと三浦綾子は思った。

だから『氷点』もまた、もうひとつの『道ありき』であるのだが、しかしそれは、ひとりひとりの人間の心の問題であると共に、人間の社会の問題としても考えられていたことがわかる。人間を幸福にさせない原因である〈罪〉は、個人の心だけにあるのではなく、家庭、社会、国にもあって社会全体を不幸にしている。それゆえ三浦綾子は日常の家庭生活を生きる人間を描きながらも、常に社会や時代の中の罪、ことに国の権力の罪を描く作家になっていった。『氷点』では戦争と引き揚げ者、タコ労働者、堕胎の問題などを通して、それは問われている。

陽子ちゃん、出ておいで

一九九九（平成十一）年十月十四日、旭川市神居《かむい》の葬儀場で執り行われた三浦綾子の葬儀前夜式において司式者の旭川六条教会の芳賀《しが》康祐《やすすけ》牧師は新約聖書の「ヨハネによる福音書」

一一章二八〜三七節を取り上げ、ことに三五節「イエスは涙を流された」の一文が一九九一年に教会の『神とともにいます』という冊子に三浦綾子が最も心に残る聖句として選んだものであると紹介し、そこに基づいて説教を語った。その聖書の部分は次の通りである。

マリアはイエスのおられる所に来て、イエスを見るなり足もとにひれ伏し、「主よ、もしここにいてくださいましたら、わたしの兄弟は死ななかったでしょうに」と言った。イエスは彼女が泣き、一緒に来たユダヤ人たちも泣いているのを見て、心に憤りを覚え、興奮して、言われた。「どこに葬ったのか。」彼らは、「主よ、来て、御覧ください」と言った。イエスは涙を流された。

ユダヤ人たちは、「御覧なさい、どんなにラザロを愛しておられたことか」と言った。しかし、中には、「盲人の目を開けたこの人も、ラザロが死なないようにはできなかったのか」と言う者もいた。（略）人々が石を取りのけると、イエスは天を仰いで言われた。「父よ、わたしの願いを聞き入れてくださって感謝します。（略）」こう言ってから、「ラザロ、出てきなさい」と大声で叫ばれた。すると、死んでいた人が、手と足を布で巻かれたまま出て来た。（略）イエスは人々に「ほどいてやって、行かせなさい」と言われた。

（「ヨハネによる福音書」一一章二八〜四四節）

マルタとマリアの兄弟ラザロが死んだことは動かしがたい事実であり、死んで四日も経《た》った屍体《したい》はすでに墓に葬られて腐りかけてさえいる。そしてマルタとマリアは嘆き悲しみ愚痴を言うしかない。けれどイエスは「私はよみがえりです。命です。私を信じる者は死んでも生きるのです」と語り、「彼をどこに葬ったのか」と問う。人はもうだめだとわかっているものはそれなりに処分するものだ。屍《しかばね》はミイラのようにぐるぐる巻きにして墓に入れ、故障して修理できない器具は新聞紙やガムテープでぐるぐる巻きにして燃えないゴミに出す。さまざまな人間関係も、家庭や会社や学校などでのいろいろな問題も、これはもう駄目だ、解決も回復も不可能だと思ったところで、ぐるぐる巻きにして何らかの墓穴に投げ込むのだ。絶望しかないものを人は見たくもないから。しかし、イエスは「彼をどこに葬ったのか」と問われる。人はいやいやでもよいから「主よ。来てご覧ください」と言えばよいのだ。イエスは涙を流して、その絶望と悲しみの暗闇の一番奥の、解決不可能な問題の場所にまで眼差しを注いで、声をかけて呼び出して生き返らせ、ぐるぐる巻きにされていたものをほどいてやって行くべき所に行かせるのだ。三浦綾子の心にあったイエスは、このような存在であった。

＊

『氷点』のヒロイン「陽子」は、綾子の六歳で夭折《ようせつ》した実の妹の名であった。そして名前だけでなく作家自身語るところでは『氷点』のなかで唯一モデルがいる人物である。陽子は『氷点』の陽子にそっくりだった。非常に賢く、意地悪されても告げ口もしない、死ぬまで叱《しか》られたことがないという子だった。昭和十年、綾子が十三歳のときだった。医者の誤診によって手遅れになっていった陽子は、病院のベッドが空くのを待って自宅に待機しているわずかの間に、臥《ふ》した床で「お姉ちゃん、陽子死ぬの?」と聞いた。姉はそのとき胸のつぶれるような痛みを経験した。それから何十年経ってもこの妹のことを語る三浦綾子はいつも涙を堪《こら》えることができなかった。理由もわからず幼くして死んでゆかねばならない者の怖れと淋しさは、三浦綾子の心の深いところに沈んでいる石のようなものであった。

妹が死んだ後、愛惜のあまり幽霊でもいいから陽子に会いたいと思った姉綾子は、家の近くの暗いところへ行っては、暗がりに向かって「陽子ちゃん、出ておいで」と呼んだという。この愛惜がヒロインに「陽子」という名をつけさせたのだ。だから三浦綾子は『氷点』の陽子を死んだままにはしなかった。三日三晩の昏睡《こんすい》の後、息吹き返させ、『続 氷点』では遂に神の愛を知るに至る物語にもしたのである。

この暗がりに向かって「陽子ちゃん、出ておいで」と呼ぶ姿は、不思議にも葬儀のときに読まれた「ヨハネの福音書」に出てくる、死んで四日経った墓の中のラザロに向かって「出て来なさい」と呼びかけ、生き返らせたイエス・キリストの姿とよく似ている。妹に呼びかけたころには彼女はそれを知るはずもないのだが。

＊

小樽《おたる》の三浦綾子読書会をしている教会に、堀田綾子の教え子の方がおられた。伊藤勝男《まさお》さん。伊藤さんは歌志内で一年生のとき堀田綾子先生が担任だったという。思い出はないですかと聞くと、すぐにこんな風に話してくれた。

一年生に入学した年度はじめ、理由は忘れたのですが、僕はちょっとした不登校になりました。何日か学校に行けずにいたら、堀田先生が大福餅《だいふくもち》を買って僕の家に来てくださった。そして、堀田先生はその大福餅を上がりがまちに置いて、奥の方にいた僕に向かってこう仰ったのです。

「坊ちゃん、出ておいでよ。坊ちゃん、学校に出ておいでよ」

私は、伊藤さんのこの言葉に驚いた。ここにも「出ておいで」がいる。暗がりにうずくまって怯《おび》えている心、僕なんかもう駄目だと思って膝を抱えている魂に向かって、ひとりでは出て来ることのできない小さな魂に向かって、彼女は「出ておいでよ」と呼びかけていたのだ。

後年作家になってから三浦家では時々聖書を学ぶ家庭集会が開かれていたが、そのときのことを初代秘書の宮嶋裕子《ゆうこ》さんはあるときこう証言してくれた。

綾子さんから名簿を渡されて、集会への誘いの連絡をするのが私の仕事でしたが、ときには綾子さんが自分で電話して誘うこともありました。そんなとき綾子さんは、

「〇〇ちゃん、家庭集会に出ておいでよ」

と言っていました。

「出ておいでよ」。これが三浦綾子なのだ。淋しい魂を放っておけない心、姉であり、教師であり、作家である三浦綾子の心の中心にあるパッション、それが「出ておいでよ」だったのだ。

いろんな問題、そして何よりも自分自身を墓穴に放り込んでいないか？　生き返る術《すべ》はある。回復の道はある。敗戦後、結核療養所白雲荘にいたころ、自分で自分を葬っていた私の所に、前川正が来てくれて、このイエスのように、呼びかけて光の方へと連れ出して、生かしてくれた。前川正が、私に与えられた神からの「出ておいで」の声だった。神は私を生き返らせて、ここまで用いてくださった。神は意味のないもの、必要ない者を作り生かしておくほど愚かな方ではない。あなたが生かされてある限り、必ずあなたは神さまに必要とされている人なのだ。だから自分で自分の人生を葬ってはいけない。三浦綾子はこう語ろうとしているのだ。

＊

「ヨハネの福音書」を読んだとき、三浦綾子はこのイエスに出会って、すぐに好きになったのではないかと思う。自分と同じ「出ておいで」がここにいる。しかも泣いて呼ぶだけでなく、生き返らせる愛の力がここにあり、いのちの希望がある。愛する者を喪《うしな》って傷つき悲しむ心と、死に対して敗北と絶望しか持たない人間の悲惨に涙を流しつつ、ラザロを蘇《よみがえ》らせたこのイエス・キリストを三浦綾子は生涯かけて紹介したかったのではないかと思う。

お前なんか死んでおけとばかり、時代や社会や人々によって葬られている存在、あるいは自分で自分を葬っているような人、希望もなく死んでいこうとする人にいのちを見出してほしい。三浦文学は人を生かす文学であり、希望を与えようとする文学だ。こっちには生き返る希望があるよ、出ておいでと、凍えている心に、凍えるような家庭に、橋を架けて招く文学。それが三浦綾子の仕事であり、心だった。それは誰よりもまず夭折した妹の名をつけた『氷点』の陽子に向けて書かれ架けられる橋であったはずだ。

二〇一一年四月、旭川市内を流れる忠別川《ちゅうべつがわ》に氷点橋が架かって、旭川駅から三浦綾子記念文学館への道はとても行きやすくなった。そして、氷点橋ができて、『氷点』を書いた三浦綾子の心を思いめぐらす場所ができた。この橋を通るこの町の人の心に、遠くから訪れてこの橋の上にたたずみ、はるか大雪山を眺める人の心にも、三浦綾子が架けようとした愛の橋が架かるといいなと思う。

2
冒頭から読む〈原罪〉の森の文学

見本林、ストローブ松の梢。
天を掻き回すように揺れる。

見本の林

風は全くない。東の空に入道雲が、高く陽《ひ》に輝やいて、つくりつけたように動かない。ストローブ松の林の影が、くっきりと地に濃く短かかった。その影が生あるもののように、くろぐろと不気味に息づいて見える。

旭川市郊外、神楽町のこの松林のすぐ傍らに和、洋館から成る辻口病院長邸が、ひっそりと建っていた。

（『氷点』「敵」）


小説の冒頭はどんな作品でも重要だが、『氷点』のこの文章は、作品の構造と主題を象徴的に語っている。

「松林」は現在三浦綾子記念文学館が建っている見本林《みほんりん》のことであるが、この外国樹種見本林は一八九八年、外来種の樹木が、日本の気候と土質においてどのように成長するかということを実験するために作られた林であった。それは近代の日本が西欧からさまざまなものを持ち込んだのと歩みを共にしている。

夏目漱石《なつめそうせき》は『こゝろ』の中で「自由と独立と己れとに充《み》ちた現代に生れた我々は、其《その》犠牲としてみんな此《この》淋しみを味はわなくてはならないでせう」と書いている。漱石は、自由や独立や自己という観念をよきものとして移入してきた近代の日本人の心を観察して、その「淋しみ」を描いたのたが、三浦綾子はもうひとつの日本近代の節目であり、また彼女自身の人生の転換点でもあった敗戦後において、日本人の心の実験を始めようとしている。見本林の「すぐ傍ら」に辻口家が設定され、戦後の十七年余の時代を背景にその家族と彼らをめぐる人間たちの愛し憎み、葛藤《かっとう》する心が実験観察されることになる。つまり辻口家は戦後の日本の家族と日本人の心の見本であるのだ。

「和、洋館から成る辻口病院長邸」にもそれは表れている。この辻口邸のモデルは、綾子が敗戦をはさんで二年弱出入りしていた俳人藤田《ふじた》旭山《きょくざん》氏の住宅であり、実際にそのような様式で建てられた昭和初期の建築物であったが、日本的なものと西洋的なものが折衷した家、それはそのまま戦後の日本人の心の時代状況なのだ。徹が歌う『証城寺《しょうじょうじ》』のふしの英語の歌「カム、カム、エブリボディ」（英会話番組のテーマソング）なども典型的に和洋折衷の時代状況を反映しているものである。

『氷点』では辻口邸の縁側からは見本林がすぐ見えるのだが、綾子が訪れていた当時、旭川市内宮下通りにある辻口邸モデルの藤田邸の縁側から実際に見えていたのは、見本林ではなく、堀田綾子が敗戦の翌年三月に教員を辞めた啓明小学校であった。綾子は教員を辞めたのちも行く当てなく、この小学校の周りを彷徨《さまよ》い歩いたという。佐石土雄《さいしつちお》とルリ子が川へ行く道。自殺を決心した陽子が歩いてゆく道。その淋しさと彷徨いの道のある見本林は、綾子にとって、敗戦によって絶望し生きる場所をなくした啓明小学校の辺りであったのかも知れない。

＊

この『氷点』の冒頭の描写に、天と地と人という構造を見て取ることができる。

実際に見本林の入り口に立つと、背の高いストローブ松の姿に驚き、見上げずにはいられない。まっすぐで枝の少ない天を指さす幹とはるか上で梢《こずえ》が広がる樹形。ストローブ松は私たちの目を天に向けさせる。

古来、多くの地域で、大木や柱というものは神の依《よ》り代《しろ》となってきたが、その心理的な原因は、それらが天を指さし、天と地をつなぐものと思われたからではないだろうか。西日本に多い楠《くすのき》の大木などは枝々が横にも広がって、樹形は丸くなってゆく。人はそのような場所では、トトロのような汎神《はんしん》論的な精霊の神に心を向けがちなようだ。北海道の空の広さと近さ、そしてストローブ松のような直幹型の樹木は、人の心を最も高い所の天と神に向けさせる。

「厳しく、凄《すさ》まじい本物の自然があって、それを誤りなく受け止めることのできる魂があってはじめて本物の芸術が出てくるのではないかと思う」（「芸術と風土　北海道編」『丘の上の邂逅《かいこう》』所収）と三浦綾子自身書いているが、本州の里山の人なつっこいようなやさしさとは違う、厳しさと不気味さと、そして高い「神をはらむ自然」が、三浦綾子文学の基盤にある。寒さ、雪、森と大地、大雪山や十勝岳《とかちだけ》、サロベツ原野、野付《のつけ》半島、網走《あばしり》の流氷、苫前《とままえ》の海など、三浦綾子が描く北海道の自然は、厳しく、そして何かの限界に隣接した場所になっていて、そこで人間たちは根本から試され、天に向かって叫ばざるを得なくさせられるのだ。

それゆえ、登場人物たちは、しばしば天に目を向ける姿を見せる。

三浦綾子の日記や創作ノートには「アンスローボス《ママ》：人間　上を向くもの」というメモが何度も出て来るが、「上を向く」というのは、上昇志向とか生活の向上ということではない。人間として魂が上を向き、天を意識せずには生きられないということである。そこに罪と苦難の地上を生きねばならぬ人間の過酷な条件と、にもかかわらず人間であることを失わないで生きようとする高貴さという、三浦文学の基本的な人間観と世界観がある。

原罪の影と風

三浦綾子記念文学館には数種類の『氷点』の原稿が所蔵されているが、これらの諸原稿を比較してみると、この有名な書き出し「風は全くない」は、下書き原稿にはなく、応募原稿の段階で書き加えられたことがわかる。

この冒頭は、作品末尾の「気がつくと、林が風に鳴っている。また吹雪になるのかも知れない」という部分との対応が意識されている。一見波も風もなく明るく輝き、磐石《ばんじゃく》で不動に見える人生と生活の下にも、「くろぐろと不気味」な「影」が蠢《うごめ》いている。これこそが人間の実相であること。すなわちこの作品が第一に主題としている〈罪〉の問題が象徴的な映像表現によって描かれているのだ。

三浦綾子は結婚二年目の六月、夫光世に連れられて、この『氷点』の舞台である見本林を訪れた。自伝『この土の器をも』にそのときの印象が書かれている。

林の中の道を通って、堤防に上ったわたしは、その向うにまた、うっそうと繁る暗いドイツトーヒの林がつづくのを見た。その林に一歩足を踏み入れた時、わたしは名状し難い感動に襲われた。暗い林の中に、光りが縞目《しまめ》をつくって斜めに射し、その縞目もおぼろな彼方に、光りが煙のように漂っていた。真っすぐに伸び立つドイツトーヒの幹は、まことにしんとしたたたずまいで、名画を見るような趣があった。林の中に入るにつれて、静寂が身に迫るようであった。いや、静寂というより、無気味と言ったほうが、適切であったかもしれない。どこかで山鳩《やまばと》の声がした。その声も、いっそう無気味さを感じさせた。

「すばらしい所ねえ。美しく、静かで、しかも無気味なのね」

（『この土の器をも』二十八）

この文章にあるように、三浦綾子は森の「美しく、静かで、しかも無気味」な様を感得しつつ、その感性はすでに世界と人間の美しさと無気味さをそこに見て、森を人間の心の象徴として捉え始めている。『氷点』は日常的な人生においては白日《はくじつ》の下に曝《さら》されることのない人間の心の奥の部分に入ってゆく物語、あるいはそれが明らかにされてゆく物語でもある。美の底の「静寂」と「無気味」さは、『氷点』の多くの人物たちの心の造形を思わせる。

人格者の病院長啓造《けいぞう》の心にも、美しくやさしい妻であり母である夏枝の心にも、純粋で優秀な青年徹の心にも、あるいは豪放磊落《らいらく》に見える高木雄二郎の心にも、そして純粋無垢《むく》に見える陽子の中にも、「くろぐろと不気味」な「影」は蠢いて、その人物の心を掻《か》き乱し、例えば愛する妻に恐ろしい復讐《ふくしゅう》をし、可愛《かわい》い娘の首を絞めるような、自分でも思いがけないほどの行動へと衝き動かし、罪を犯させてゆくのだ。思えば漱石が『門』や『こゝろ』など幾つかの作品で探ったのも、この人間の思いがけなく変貌する性質であったが、この人間の根本にある、罪の性質、自己の罪に気づくとき、思いがけなくも「一途に精いっぱい生きて来た陽子の心にも、氷点があったのだということ」が明らかにされる。そして罪を自分の問題としてはっきりと意識したために自殺しようとして昏睡を続ける少女の周りで、大人たちがそれぞれに己《おのれ》の罪を自覚し始めるときに、例えば啓造が己を省みて、「神の前に立つということを知らなかった」と自覚するときに、はじめは「全くなかった」はずの風が吹き始めるのである。それは己の〈罪〉に気づくところにこそ、救いの道が始まるということを示している。

辻口家

次に「辻口」という姓について考えてみる。「辻」という場所は、道が分かれ、あるいは交差して、人がそこで行くべき道に迷う場所である。そのような境界の場所は古来、危険なトポスであり、昼と夜の間の境の時間「たそがれ時」は「誰《た》そ彼」（あの人は誰だろう?）とその人が誰だかわからなくなる時間という意味であり、「逢魔《おうま》が時」すなわち魔物に遭う時間とも言われる。境界という場所は、迷っていたら魔物に襲われてしまうような場所であり、その人とは思えないような誰かわからないような行動を時にとってしまうような場所なのである。例えば啓造は、犯人の子を引き取ろうかどうしようかと迷っているうちに、ある日妻の首にキスマークを見つけて、その恐ろしい計画を実行してしまう。しかしまた「辻」はそのような危険と共に、別の道、新しい世界への入り口がある場所でもある。陽子や徹が迷いながらも成長してゆく過程の中には、そのような辻が幾つかある。

また「辻」という文字は、その構成要素を分解して見るに「十」と之繞《しんにょう》でできており、再び組み合わせると「十字架への道」を表していることがわかる。作家はまさに十字架による救いの道への入り口すなわち「辻口」を探求する作業をこの一家にさせようとしているのだ。では十字架への道の入り口とは何か？　それはまさに、罪に気づくということである。罪を認めない者の心に、十字架は何の価値もないのだから。

天を掻き回す梢

見本林の印象を書いた『この土の器をも』には、以下のように書かれている。

林に着くと、丈高いストローブ松が風に揺れ、その梢が天をかきまわすように動いていた。
（『この土の器をも』二十八）

この表現は、『氷点』の「線香花火」の章に「高いストローブ松の梢が風に揺れていた。それは揺れているというよりも、幾本ものストローブ松が、ぐるりぐるりと小さく天をかきまわしているような感じだった」という、よく似た形で出てくる。こういった森の心象的把握は、作品の冒頭もそうだが、『氷点』においてはかなり意識的になされている。「高く陽に輝やいて、つくりつけたように動かない」という言わば〈天の沈黙〉の様に対して、「天をかきまわすように動」くストローブ松の梢には、地に棲み、自他の罪のゆえに苦《く》悶《もん》する存在たちが、その手を天に向けて伸ばして、助けを求めながら喘《あえ》いでいる、その〈魂の渇仰《かつごう》〉の様が森の造形を採って表現されているのだ。

「人間はいかに生きるべきか」あるいは「人間はいかにあるべきはずか」と問うときに、人は天を仰ぐ。天に求め、天に問い、天に叫び、時には天を恨んで弾劾《だんがい》することさえある。例えば、苦難に満ちた苛酷《かこく》な生を歩かされた果てに、ふとしたことから殺人犯になってしまった佐石土雄、あるいはその佐石によって三歳で殺されねばならなかったルリ子、そして重い出生の秘密を背負わされていたことを知った陽子は、天に対し、神に対して、何故《なぜ》？と問わずにはいられなかったであろう。あるいは啓造も夏枝も徹も含めて、『氷点』は、罪を犯さずには生きられない悲しみを負った人間と、その罪によって傷つけられる痛みを負った人間が、そしてそれらの魂が天を掻《か》きまわすように悶《もだ》え懊悩《おうのう》する物語だともいえるであろう。

椴松《とどまつ》帯が向こうに見えた。すべての木が裸になった中に、この木だけは憂欝《ゆううつ》な暗緑の葉色をあらためなかった。まっすぐな幹が見渡すかぎり天をついて、怒濤《どとう》のような風の音をこめていた。二人の男女は蟻《あり》のように小さくその林に近づいて、やがてその中にのみこまれてしまった。

これは北海道のプロテスタンティズムの風土が生み出したもう一つの森の文学、有島武郎《ありしまたけお》の「カインの末裔《まつえい》」の末尾である。神に対する怒りでもあるような内なる声を孕《はら》みながら、鋭く、まっすぐに天を突こうとする針葉樹の森。苦難に喘ぎつつ神を渇仰する魂のこの表象が、『氷点』の見本林の表現へと連脈していることは確かであろう。しかし三浦綾子はそれを「天をかきまわす」ものとして描いた。そこには一方的に「天をつく」という地上からのみの観点を超えて、人間の不幸によって「かきまわ」される「天」の心が、それを悲しみ憐れむ神の悲しみが暗示されている。

ついでに触れておくと、見本林全体の構造は、神谷奈保子《かみやなおこ》氏が「祈りの軌跡―三浦綾子が描く北の大地の人間像」(『三浦綾子―いのちへの愛』)の中で、「〈家→松林→川原〉という図式は、小説世界の中で〈人心の表層→心象風景→人心の深層〉という意味に対応させて理解することができる」としておられるが、もう少し詳しく見るならば、ストローブ松の林は、現実の人生の中での生きることとの葛藤と煩悶《はんもん》の世界、その先にあるのは陽子が『嵐が丘』を読む迷いと出会いの十字路である。更にその向こうの堤防は陽子が雪の朝この世に別れを告げたように生の世界の限界領域であり、そして堤防を降りた向こうのドイツトウヒの林は人物たちの心の中の世界あるいは無意識界である。そこで人物たちはさまざまな思いをめぐらし心の底を探られてゆく。そして最後が、荒涼たる罪とその結果を見る実存的な世界である美瑛《びえい》川と川原。作家はこのように、見本林をかなり緻密《ちみつ》に領域分けしてそれぞれの機能を持たせている。

原罪の物語　アダムとエバ

三浦綾子は「原罪」をテーマとしてこの作品を書くにあたって、当然のことながら「創世記」にあるアダムとエバの原罪の物語を強く意識している。

周知のようにアダムは神によって創られた最初の人であったが、女に誘われるままに「園のすべての木から取って食べなさい。ただし、善悪の知識の木からは、決して食べてはならない。食べると必ず死んでしまう」との神の戒めを破る。このとき、地上にはたった一つの決まりしかなかったのに、そのたった一つの決まりも守れなかったアダム。その性質が私たちにもあることは否定しようがない。ところが、罪を犯したのちアダムは神の顔を避けて隠れる。神は、「あなたは、どこにいるのか？」と呼びかけながら、アダムを捜す。アダムがどこにいるかわからないのではない。アダムの心がどこにあるのかと問うているのだ。「ここにおります」と神の前に出る心に立ち返ってほしいと期待して神は問うのだ。しかし、罪を犯した彼らは神の前に出ることを恐れた。そして、なぜ食べたのかという神の責問に対し、アダムは「あなたが下さったこの女が」悪いのだと言う。子どももアダムによく似ていて、叱られて窮地に追い込まれると「こんな私に産んだのはパパとママだ」と言う。そして女も「このへびが悪いのです」と言う。彼らは、責任を転嫁するばかりで、自分が悪かったとは言わない者になっている。「善悪の知識の木」から取って食べて、本当の善悪をわかりそれに従って行動できる者になれればよかったのだが、そうはならなかった。彼らは悪い意味での「善悪を知る者」となった。自分中心の基準で、自分にとって都合が善《よ》い悪いの判断をする者になったのだ。だから都合のよいことばかり集めて抗弁して責任転嫁する。そんな自分勝手な者はエデンの園から追い出されるしかなくなるのだ。

彼らはすぐには死ななかった。食べたら必ず死ぬと言われたのに死ななかった。しかし、子どもの死、しかも兄カインが弟アベルを殺すという最悪の形で、罪の結果たる人間の死を見ることになる。そのときに、神の言葉の正しさと自分たちの罪の結末を思い知ることになるのだ。

辻口夫妻の歩みは、まず妻の罪から悲劇が始まること、互いに責任転嫁する夫婦関係や自己中心の判断による裁き合い、そしてルリ子の死および陽子の自殺という子どもの死によって罪の結果が顕《あら》わになるなど、この「創世記」の夫婦の歩みと実によく重なっている。

神の方を向かない態度と性質

「私はなぜ『氷点』を書いたか?」という文章で三浦綾子は書いている。

ここに登場する辻口家の人びとは、すべて神のほうを見ない生活をつづけている。夏枝や啓造の姿は、私の中にもだれの中にも潜んでいる〝神を恐れない人間像〟である。そして私は、夏枝や啓造の反対側に、神を信ずる生き方を暗示させたつもりだ。

そして陽子は、自分だけは絶対正しいと信じることを支えに生きた結果、自殺という大罪をおかすことになった。

陽子も神のほうを向いてはいなかったのである。

（「私はなぜ『氷点』を書いたか?」一九六六年四月十八日号「女性自身」）

原罪とは、神の方を向かない人間の性質・態度のことであると読めるだろう。罪を犯すと子どもが親の目を避けるように、人間は神の目を避けるようになる。そして、アダムの子は生まれながらに、神の目を避けること、神の方を向かない性質を持っているのである。神の方を向こうとしないならば、愛して創ってくださった神から、人間は切り離された状態にならざるを得ない。

この状態にいる人間は、神の心がわからないので、自分勝手な的外れの歩み方をしているばかりで、人生に納得と確信が持てない。神の愛がわからないし、そっぽを向いていては神の愛は充分には受けられないので、生きていていいのだという平安がないのだ。その上、愛の供給源が断たれるので、愛せていた者もじきに愛せなくなるという悲劇が起きる。

この状態を「原罪」、すなわちギリシャ語の原義では「的外れ」と言うのだ。

そして、当然のこと神に背を向ければ、神が中心ではなく自己が中心になる。

自己中心

三浦綾子は、この自己中心の罪についてしばしば日常的な比喩で語った。たとえば、家で子どもが花瓶を割ったときにお母さんはどうするか。激しく叱責《しっせき》するだろう。

「家の中で走ってはいけないっていつも言ってるでしょう。ちゃんと注意しなさい。目はどこについてるの？　あなたは、本当に駄目なんだから。この間も○○を壊したでしょう。先月も○○を壊したし、去年も○○を壊したわ。そんなにそそっかしいのはお母さんに似たんじゃないわ。お父さんのＤＮＡね。わかったわ、お父さんのお母さん、あのお姑《しゅうとめ》さんに似たのね！」

などと、前の世紀のことまで持ち出して、夫の実家まで攻め込んでお姑さんまで攻撃するのだ。でも、お母さんも花瓶を壊すことはある。そのときはどうか。

「ああら、惜しいことをしたわ。この花瓶もそろそろ割れる運命だったのね。でもちょうどよかったわ。少し飽きたところだったし、新しいのを買いに行こうかしら」

というようなことにならないだろうか。同じことをしても、人がしたら悪く、自分がしたら悪くないのだ。不倫の場合などは更に顕著だ。他人のしている不倫は世にも汚らわしいものだが、自分がするのは美しい運命の恋ということになる。そして他人のした善行は「当たり前のこと」なのに、自分のそれは世界に伝えるべき美談になるのだ。

人間を計る尺度に自分用と他人用がある。それは、神の方を向かないから可能なのだ。そして、人は皆、自己中心に生きたいので、神の方を向こうとはしない。

愛するという使命と責任

自己中心は、自分にとって都合のよい自分を選択させる。

『氷点』の物語は一九四六（昭和二十一）年七月二十一日、夏祭りの日の昼下がり、辻口病院院長邸の応接間で辻口啓造の妻夏枝が、辻口病院の若い眼科医村井靖夫の訪問を受けている場面から始まる。夏枝に言い寄ろうとする村井、それを拒みながらも夏枝は甘美な罪の誘惑を半ば楽しんでいた。そのとき、応接室に入ってきた三歳の娘ルリ子は村井先生がおかあちゃまをいじめているのだと思った。

「そうじゃないのよ、ルリ子ちゃん。おかあちゃまはね、先生と大切なお話があるのよ。おりこうだから、外で遊んでいらっしゃいね」(略)

もし村井の愛を拒むなら、今ルリ子をひざに抱きあげるべきだと夏枝は思った。しかしそれができなかった。

「センセきらい! おかあちゃまもきらい! だれもルリ子と遊んでくれない」

ルリ子はくるりと背を向けて応接室を飛び出して行った。

(「敵」)

こうしてルリ子は罪の甘美な誘惑に負けた母親によって追放され、たまたま通りかかった見知らぬ男佐石土雄に連れ去られて殺されることになる。

ここで、母は、母であることをやめている。母という神から与えられた仕事を放棄して、女であることを選んでいるのだ。そして、ルリ子を膝《ひざ》に抱え上げるという母としての行為よりも、ルリ子を外に追い出すことを選んでいる。夏枝は、こうして自分にとって都合がよい方を選んでいる。夫を愛し子どもを愛するということよりも、自分の欲を選ぶことをよしとすること。ここに悲劇の始まりがある。愛すべきものを愛することを自ら意志してやめること、もう愛さないことを選ぶこと、それが人間の実際の場面での罪の本質である。「外」へ行けと、ルリ子に夏枝は言った。聖書では「外」はしばしば荒野を指している。そこは愛の庇護《ひご》の及ばない、暴虐が可能な場所である。「創世記」のカインは弟アベルを親の目の届かない外の野に連れ出して殺した。

そしてこの「外」に出されたルリ子において、人間にとって愛されないということが、愛の外に出てしまうことが、いつでもそのままで受け入れられ愛されるはずだった愛を失うことが、信じていた愛に裏切られることが、いかに破滅的なことであるか、すなわち人を凍えさせるかということが端的に表されている。

だからルリ子を殺したのは佐石だけではなくて、この〈誰もルリ子と遊んでくれない淋しさ〉なのだ。そして実際ルリ子は「淋しくなって泣き出した」がゆえに、佐石に首を絞められて殺されることになる。

＊

私はこの夏枝と反対の人を知っている。

仙台で三浦綾子読書会のお世話をしてくださっている方の一人に、Ｉさんという方がいる。Ｉさんの家は二〇一〇年に新築して太陽光発電をつけた。翌年の三月十一日、激震が来て停電になったあの夕方、Ｉさんは太陽光発電で蓄電して残っていたその貴重な電気を使って、電気がなくなるまでご飯を炊き続けた。Iさんの家には五人もお子さんがいて、一番小さい子は四歳だ。だから子どもたちのためにご飯を炊いたのかと思ったら、そうではなかった。Iさんはその炊きあがったご飯をパックに詰めて、近所に配って歩いたのだ。自分の家は電気が残っているけれど、周りの家は停電していて、今日のご飯を炊けない。それを察した彼女はそんなことをした。私なら、この残り少ない、いつまた復旧するかわからない電気を、どんな風にちびちび使うかと算段するだろうと思う。わずかしか残っていない、自分にも必要なものを、人に与えることは難しいことだ。自分にとって都合の悪いことを、しかし愛のゆえに、選んでゆく人がいる。自己中心に勝った人間がここにいる。周りの飢えたいのちを思うことのできる心がある。

Iさんの子どもたちはそんなお母さんを傍で見て、あるいは一緒におにぎりを作ったり、一緒に近所に配って歩いた子もいただろうか。子どもたちはこのお母さんから何を学んだだろうか？　お母さんというものが、すべてのいのちを思いやって愛して養う責任のある仕事だということを学んだのではないだろうか？　愛する使命を放棄することの反対にあるのは、〈にもかかわらず愛する〉ことだ。災害で、自分や家族のいのちが窮地にあって、他の人をかえりみる余裕などないときに、にもかかわらず自己中心に生きないということ、それは奇蹟のように思われる。

堀田綾子を愛した前川正の最後の五年半もそうだった。彼には時間がなかった。人生の残りが少なかった。わずかしか残っていない貴重ないのちの時間なのに、にもかかわらず反抗的な堀田綾子に惜しみなくそれを注ぎ与えることを彼は選んだ。そして前川正に愛された堀田綾子は、彼に愛された者として、彼のように生きるということを心に深く刻まれたのである。

このIさんも、詳細は知らないが、大変な、たぶん死んでしまいたいほどの苦難を通ってこられた方のようだ。けれど、そこで、にもかかわらず愛してくださる神に出会い、彼女は方向転換して神の方を向いたのだ。

前川正もIさんも、アダムとエバの自己中心に勝った愛＝〈にもかかわらず愛する〉イエス・キリストを心に持っているのだ。神の方を向かない生き方の反対側に、神の方を向いた者の生き方があることを三浦綾子は書こうとしたと言っているが、人間にもそれができることを、彼らは示している。ここに人間の希望がある。繰り返しご飯を炊くお母さんの背中を見、一緒にご飯を配って歩いたIさんの子どもたちも、きっと前川正に愛された堀田綾子のように成長するだろう。

3 「汝の敵を愛せよ」と啓造の苦悶

辻口家のモデル藤田邸の応接室。
物語はここから始まる。

辻口啓造　―プライドの悲劇

「辻口」という姓が十字架への道の入り口を示していて、この一家にその入り口を模索する作業が託されていることは前に指摘したが、名前の「啓造」の方は神からの啓示への土台造りと読んでもよいかと思う。個人に与えられる最も重要な啓示が、自己の罪と救いの道の示しであるなら、啓造がこの物語の中で経ていく内的な葛藤と苦悩、そしてその果てでの「神の前に立つということを知らなかった」という独白こそは、間違いなく、啓造が果たすべき役割の帰結点であった。

啓造は冒頭の「敵」の章で、早くも「汝の敵を愛せよ」という「ルカの福音書」六章二七節の言葉を示されている。この言葉は『氷点』の特に前半のキーワードであると言ってよいだろう。啓造が思い出すこの聖句は、啓示であるべきはずが、正しく読まれないことによって、罪への誘いとなってしまう。

「機関銃をダダダ……と射つと」「敵がバタバタ死ぬ」という戦争映画を見てきた徹に「でも敵は死んでもいいんだね。だけど、敵ってナーニ？　おとうさん」と訊《き》かれて、啓造は答えにつまりながらも、「そうだねえ。敵というのは、一番仲よくしなければならない相手のことだよ」と答える。ところが啓造はこのすぐあとに夏枝と村井のことを思って「敵とは愛すべき相手ではない。戦うべき相手のことだと徹にいうべきであった」と考える。

「汝の敵を愛せよ」は、具体的な現実がないときにのみ持つことができる理想に過ぎないものだ。現実に実践しようとすれば血みどろの戦いを覚悟しなければならない。「汝の敵を愛せよ」と表紙に金文字で書いている手帳を開くと憎い奴《やつ》の名前がずらりと並んでいて、それを見ては、一日一回、死ね！　死ね！　死ね！　と言うのが人間だ。

＊

啓造は、恩師であり、妻夏枝の父である津川教授が言った言葉を思い出す。

「わたしは、何がむずかしいといって、キリストの〝汝の敵を愛すべし〟ということほど、むずかしいものは、この世にないと思いますね。」

津川教授はこの難しさを知り「大ていのことは努力すればできますよ。しかし自分の敵を愛することは、努力だけじゃできないんですね。努力だけでは……」と言っており、この命題の前に誠実に己を省み、その不可能を悟り、砕かれているのだが、啓造は砕かれることを知らない愚か者であった。むしろ津川教授でさえ難しいと言ったこの「汝の敵を愛せよ」という命題を自分こそは実践できる勇者であると思いたい。そのようなプライドの誘惑にさらわれるほどに足元の弱い者であった。

＊

三浦綾子は「小説『氷点』に触れつつ」（『三浦綾子文学アルバム』所収）という文章の中で書いている。

人間である私たちは、愛さねばならぬといくらもがいてみても、敵など愛し得ぬことに気

がつく筈《はず》なのだ。人間が、絶えず誰かを敵と定めて、その人を愛しようとしたところで、そうたやすく愛せるわけではない。人が誰かを「敵」という時、「自分は敵よりも正しい」「自分はあいつよりもいい人間だ」という思いに捉われているのだと思う。初めから自分は正しく、敵はまちがっていると思いこんでいる。

聖書を正しく読まないために、愛せないということを厳しく意識しない啓造は、むしろ陽子を引き取って育てることのなかに「汝の敵を愛せよ」を実践しているものと思い込んでいるのだが、そこにははじめから陽子を「犯人の娘」すなわち「罪ある敵」として見下して、己を善《よ》しとする優越感と侮蔑があるのだ。

しかも実は、この聖書の言葉を、夏枝に対しては陰湿で冷酷な復讐をする口実にしてゆく。「マタイの福音書」一八章一五節には「また、もし、あなたの兄弟が罪を犯したなら、行って、ふたりだけのところで責めなさい。もし聞き入れたら、あなたは兄弟を得たのです」とある。これが自分に対し罪ある者に対して取るべき態度として聖書が勧めていることだ。これに引き比べてみるならば、啓造には、率直に訊き、あるいは注意叱責することができないという弱さがあった。ルリ子が死んだ日、応接室の煙草《たばこ》の灰皿を見ても「誰が来ていたのか？」と問うことができなかった。それは妻の不貞の事実を見せつけられることで自分が傷つくことを恐れるプライドだ。愛するとは実はそういうものをも引き受ける覚悟をすることでもあるはずだが、へりくだって問うことができないのだ。

啓造が夏枝を妻にしたのも、単に夏枝が美しかったからだけではないだろう。尊敬しつつも超えてゆきたい恩師の娘を獲得し、それに愛されたかったからだ。だから、恩師の娘である妻に不貞を働かれることの屈辱は、彼にとっての結婚そのものの意味を揺るがすことであり、優等生の彼には耐えがたいことだったのである。単なる嫉妬ではなく、そのような啓造のアイデンティティから発した、譲りがたいプライドに、彼の陰湿さは起因している。

だから妻は、向きあって人格としては愛してくれない夫に、「あんたのプライドを支える道具なんかになりたくないわよ」と言うべきであった。夏枝がアバンチュールに誘われる根元には、ここから来る退屈と淋しさもあったのかも知れない。

愛の使命の放棄したところに口を開く真っ暗な洞窟

啓造はルリ子を殺した犯人を憎み始めるが、犯人として知らされた佐石土雄はすでに死んでしまっていた。それによって啓造の憎しみは相手を失ってしまった。憎しみには憎むべき対象が必要であり、そのため啓造はその捌《は》け口《ぐち》を村井と夏枝に求めた。

自分の中の息もできないような苦しみ（真空）を満たすために、人は他人に苦しみ（真空）を与えたいと思う。このような傾向は重力の法則と同じようにこの地上で生きる人間にとって不可避の傾向であり、ここから人を逃れさせることができるのは恩寵《おんちょう》だけである。シモーヌ・ヴェイユは『重力と恩寵』でそのように考えている。これは卑近な例で言えば「八つ当たり」の心理である。テーブルの脚で向こう脛《ずね》を打ったら、息がつまるほど痛い。それで「誰だ、こんなところにテーブルを置いたのは！」と言いながら、そのテーブルを蹴《け》っ飛ばす。蹴っ飛ばしたらその足がまた息がつまるほど痛い……。でも、思わずやった八つ当たりはまだ罪が軽い。じきに醒《さ》めて、反省するから。でも、それを意識的にやると、それは「復讐《ふくしゅう》」と呼ぶべきものになる。それは被害や痛みの程度によってではなくて、その痛みを与えてきたものとの関係によって決まる。単純な関係では「八つ当たり」。椅子に対して「椅子め、いつか見ておれよ」などと計画的な復讐をしたりはしない。でも、人格的な関係で傷つけば「八つ当たり」でなくて「復讐」になるのだ。

夏枝の首筋にキスマークがあるのを発見したとき、啓造の魂も重力の法則の通りに落ちてゆく。『氷点』のなかでも最も恐ろしい場面の一つだ。

〈そうだ！　相談せずに引きとるのだ。夏枝は何も知らずに、かわいがることだろう。秘密は絶対に守らねばならない。何も知らずに育てた子が、いつの日か犯人の子と知った時、夏枝は一体どうなるだろう。かわいがって育てただけに、うちのめされることだろう。愛して育てあげた子が、ルリ子殺しの犯人の子と知ったとき、夏枝は自分の過去の何十年かを、どんなに口惜しがることだろう。しかしそれでもいいではないか。犯人の子はかわいがられて育つのだ。〝汝の敵を愛せよ〟というわたしの試みは、とにかくなされるのだ。仇《かたき》の子と知って育てる自分の方が、何も知らない夏枝より苦しいかもしれない。しかし、肉を切らせて骨を断つのだ。真相を知った時、夏枝がじだんだふんで口惜しがっても、すべては後の祭りになる日が来るのだ)

啓造は、その時の夏枝のおどろきかなしみ、口惜しがる様子を想像した。

啓造はいま、自分の心の底に暗い洞窟《どうくつ》がぽっかりと口をあけているような恐ろしさを感じた。最愛であるべき妻にむかって、一体自分はなんということをしようとしているのか。この恐ろしい思いは、自分の心の底に口をあけたまっくらな洞窟からわいてくるように思われた。

(心の底などといって、底のあるうちはまだいいのだ。底しれないこの穴の中から、自分でも想像しなかった、もっともっと恐ろしいささやきが聞えてくるのではなかろうか)

そしてこの底しれぬ暗い穴は、自分にも、夏枝にも誰の胸にもあることを思わないわけにはいかなかった。

(『雨のあと』)

結婚とは、どんなときにもその相手を愛しますという誓いをして、神と人に約束して、その人を愛する責任を持つということだ。だからこの約束が地盤なのだ。だからここで、妻を愛するという責任を捨て、むしろ武器を持ってしまった啓造の心に、約束という地盤を失った底なしの洞窟が口を開くのである。ここにすべての人間の足下に拡《ひろ》がっているはずの、しかし普段は気づかない眼が眩《くら》むまでの深淵《しんえん》への一瞬の気づきがある。

ハイデッガーは『乏しき時代の詩人』のなかで、現代が「神の欠如を欠如として認めることができないほどになっている」この「世界の夜の時代」であるという認識を持ちながら、しかしにもかかわらず、まだ救いの余地が残されているとしたら、それは世界がこの「深淵から、転回するときに、始めて起りうるのである。世界の夜の時代には、世界の深淵が経験され耐えられねばならない。しかしそのためには、この深淵にまで到達するような人々が必要なのである」と書いている。洞窟に気づいた啓造には深淵へ降りてゆく可能性はあったのだ。しかし、「『氷点』創作ノート」（三浦綾子記念文学館所蔵）によれば、啓造は、学生時代から「求道したが神の前に立たず人と比較して自《おの》が罪がわからなかった。啓造は陽子の手紙にハッと罪にめざめる。罪とは神の前に立って己を見ることだった」と悟るという程度の探求しかできない人間であった。

『氷点』の物語において、この「深淵に到達」し、その経験に耐えようとしたのは、陽子ただひとりであった。だから啓造が作品全体の認識を枠組みとして進める主人公であったとしても、真のヒロインであるのは陽子なのだ。陽子は神なしにこの深淵に立ち、そこに凍えてしまうのだが、この陽子の凍え、すなわち氷点からしか、「ゆるしがほしい！」という叫びは生まれ得なかった。これが『氷点』における深淵での転回であったと言ってよいだろう。

『氷点』が書かれた六〇年代、高度成長という経済と生活の自己中心性の膨張の時代、まさにハイデッガーが言う「神の欠如を欠如として認めることができないほどになって」いった日本のあの時代（今でもそうだが）に、凍えつく深淵である氷点にまで下っていった陽子を描いた三浦綾子は、人間がまず立つべき根底、自分の中の愛の欠如という絶望的根底を見出す作業そのものを提示し証《あかし》しようとしていたのでもあろう。

『時と永遠』を読む

啓造は、学生時代教会に通い、波多野精一《はたのせいいち》の『時と永遠』を読み、「理想主義的キリスト教の教養を持っている」（「『氷点』創作ノート」）人物だった。高木は啓造の下宿に来て、机の上にひろげられた『時と永遠』を見て「いつもよく、こんなおカタイ本を読んで何がおもしろいのかな」（「線香花火」）と感心している。

三浦綾子記念文学館にある「『氷点』登場人物年表」の啓造の項、一九三六（昭和十一）年の欄には、「時と永遠読む」とメモされている。この年は、大学生で二十一歳になった啓造が夏枝と婚約した年（結婚は三年後）なのだが、実は波多野精一の『時と永遠』が岩波書店から出版されたのは昭和十八年のことで、昭和十一年に読むことは不可能なのだ。三浦綾子が『時と永遠』の出版年を確かめなかった可能性もあるが、『塩狩峠』でも中村春雨《しゅんう》の実在の小説『無花果《いちじく》』を取り上げて、出版年もあら筋も大胆に改変している作家だから、昭和十一年に読めるはずはないと知っていて、あえて啓造に読ませることにしたのかも知れない。

この『時と永遠』は、前川正が綾子に贈った大事な本だった。往復書簡集『生命に刻まれし愛のかたみ』に収録された昭和二十五年一月十二日の「正より綾子へ」の手紙。

波多野先生の三部作を綾ちゃんに差し上げるについて、「時と永遠」の扉に次の言葉をわたしは書きたく思っていました。

イエスこの世を去りて父に往くべき己が時の来れるを知り世に在る己の者を愛して極みまで之を愛し給えり（ヨハネ伝十三章一）

の「世に在る……」以下です。「極みまで之を愛し給えり」この言葉を、人間同士の愛にも使える人ははたしてあり得るでしょうか？　綾ちゃんとの友情、交わりということを反省して、常に私の心の中に、自分以外のものからの声として、この言葉が響いてくるのをきいています。「極みまで」とは、はたして、私には可能だろうか——？と（略）

前述のように自身に残された時間の少なさを悟ったときに、前川はこの聖書を通して「世に在る己の者を愛して極みまで之を愛し」なさいという使命を受け止め、そのように生きようとしたのだが、この同じ手紙の直前のところで前川正は『時と永遠』の「第七章一節、エロースとアガペー（通算目次三十一、三十四）」を読むようにと綾子に言っている。その章には要約すると、次のようなことが書かれている。

「エロース（の愛）は自己実現（すなわち自分勝手）の性格を」持ち「自己より発して他者

へ向かう」もの（つまり他人を自分の自分勝手の道具に使うということ）であるが、アガペーの愛は「他者より発して自己へと向ふ」もので、「他者を主となし自己を従となすこと」である。この「アガペーの本質」は人間には不可能なもので、「これこそ真実の愛である」。真の人格はここにのみ成立する（「」内の引用は波多野精一『時と永遠』三四章によるが、（　）内は筆者が付加した説明）。

前川正が愛をどのように考え、どのように愛そうとしていたかがよくわかる。啓造はこの『時と永遠』を読んで、その年に婚約したのだが、美しい妻をも本当には愛することができなかった。それは啓造のキリスト教が、言わば教養的なキリスト教に過ぎなかったからだ。教養的なキリスト教など「底知れぬ暗い穴」が自らのうちに口を開いていることを知る日には何の役にも立たないものである。

＊

「好き」だから「愛せる」と思う人間認識の甘さ。三浦綾子はこの『氷点』ののちも現代小説では、失敗した結婚ばかり書き続けているが、結婚のはじめには、何の根拠もなく一生愛せると人は思うのだ。

苫小牧《とまこまい》三浦綾子読書会をしている糸井福音キリスト教会の沼田茂広牧師は川柳の達人なのだが、最近そのひとつを拝聴した。

「愛すべき汝の敵は妻だった」

思わず噴き出してしまったが、『氷点』と聖書を下敷きにした傑作だ。結婚相手が一番の敵になるのだ。だって、自分勝手に生きたい人間にとって、自分勝手を許してくれないのが敵であり、妻が一番、私の自分勝手を厳しく追及して、許さないはずだから。

私は結婚するカップルに二枚の色紙を書いて贈る。一枚には「前代未聞の神のわざの始まり」と書き、もう一枚には「うかつな結婚、不幸の始まり」と書く。渡された側は複雑な顔をする。

本当は愛せないことの自覚が最初から必要なのだ。三浦光世は偉い。彼は祈った。「神さま、もしあの人と結婚するのが御心であるならば、その愛を下さい。私にはその愛がないのです」。夫として一生を共に生きてゆくような愛は持っていませんと自覚してへりくだって、それをお願いした者の結婚だけがうかつな結婚ではない。

もう愛せない地獄、もう愛さない罪

夏枝が自分勝手という自己中心から子どもと夫を愛する使命を捨てたのだとしたら、啓造はゆるさないという自己中心によって妻を愛するという使命を捨てたと言える。妻が罪を犯したときには、それを悲しみつつもゆるし共にその十字架を背負うことが夫の愛であるとしたら、ゆるさず裁き自らの手で罰しようとした啓造は、愛することを自ら選んでやめたのである。

ドストエフスキーは「地獄とは、もう愛せないということだ」と書いている。人が今まで愛せていた大事な存在を愛せなくなり、自分の人生や生活のなかにもう愛せるものが何一つ見つからなくなったら、そして自分のなかに愛する力が全くなくなってしまったら、それは地獄であろう。そして、時に人はそのようなところに、その人の責任ではなく陥ることもある。夏枝の不倫を確信した啓造もそうだっただろう。

しかし、私はドストエフスキーを真似《まね》ながら、一つの命題を掲げてみたい。

「罪とは、もう愛さないということだ」

愛せないことは気の毒なことでもある。例えば大好きだった美味しいものを消化器官の病気や障害によって食べられなくなることがある。しかし、愛せないことと愛さないことは似ているようで全く違う。人はもう愛せないから、もう愛せるものがないから、もう愛せる相手ではないから、もう愛さないと決めることがあるかも知れない。しかし、それは間違いだ。もう愛せないということと、もう愛さないということは、必ずしもそのまま つながってはいない。自分で意図して越えなければ、越えなくても済む、越えずに踏み留《とど》まることができる境がそこにはあるはずだ。

愛さないことは罪である。なぜなら人間は愛する使命を持つ者として、愛することができるものとして造られ、自分自身を愛し、世界を愛し、愛すべく人生のなかで与えられた誰かを愛し、神を愛することで幸せになるようにできているからだ。そして神はこの世界にもそれぞれの人生にも多くの愛すべき存在を与えて、愛せよ、愛せよと招いているのだ。美しいもの、可愛いもの、楽しいこと、豊かで尊いもの、美味しいもの、たくさんの素晴らしい人々。溢《あふ》れんばかりのよきものを与えて、人間を幸せにしようと精一杯努力している。

だから逆に愛さないことを選ぶことは、本来の人間のあり方からすれば、全くの的外れなのである。罪とは新約聖書のギリシャ語では「的外れ」という意味の語だが、神の心と全く逆の方向を向いて、愛さないという道を選ぶことは、自ら地獄を選ぶこと以外の何ものでもない。

しかし、夏枝も啓造もそれを選んでしまうのだ。そしてその道は自分だけで地獄に行くのでなく、必ず他を、特に愛されなくなったその相手をも悲劇に巻き込むのである。

通常の罪には加害性のものと違反性のものがある。窃盗や傷害、殺人、悪口なども含めて人や物やいのちや心に害を与え傷つけるものと、決まりを破るものだ。でも、いずれの罪もその根にあるのは大事にすることを失った心、すなわち愛すべきものを愛することをやめる意志なのだ。それは最も大事にすべきものである自分自身と、自分自身の存在の根本に最も大きく関わっている神との関係を大事にしないこと、言ってみれば〈にもかかわらず愛さない〉ことの上に発生するのだ。

Tさんとゆるし

『氷点』を書いた頃に、三浦綾子は岡山県のTさんというクリスチャンの婦人のことを元旭川六条教会牧師の常田二郎《つねたじろう》牧師から聞いた。Tさんの息子は結核だったが、よくなっていよいよ療養所を退院するというときに、殺されてしまう。その日から彼女の苦しみが始まった。彼女は教会で礼拝のときになされる「主の祈り」の途中まで来ると祈れなくなるのだ。「主の祈り」の五番目の祈り「我らに罪を犯すものを我らがゆるすごとく我らの罪をもゆるしたまえ」という祈りを口にすることができなかったのだ。犯人をゆるすことなど到底できないことだった。しかし遂にある日、彼女は思い定めて祈り、便箋《びんせん》に「私は、あなたをゆるします」と書き始めた。絶対に書くことができないと思ったその言葉が、口から出、ペンから出たとき、Tさんは後ろから大いなる何ものかの力に支えられるような気がしたそうだ。

Tさんはこの犯人の所に面会に通い、そして自分の金を出して減刑運動を始めた。加害者の青年は遂に獄中で洗礼を受けた。そして仮釈放の日が来た。刑務所を出た彼が一番先に行ったのはTさんの所だった。Tさんはその人を迎えて、一晩家に泊め語り明かしたという。

三浦綾子はある講演の中でこのTさんのことを語っている。「人間の行為のなかで一番難しいのは、わが子を殺した人をゆるすということだと私は思う。」「自分の息子を殺した犯人と、親子のように一つの家に寝ることができた。この不可能とも思えることをさせてくださるのが、私たちのイエス・キリストです。本当に私は、神の愛の力というのはすごいもんだと思います。(「私と小説」『なくてならぬもの』所収)」

「主の祈り」の途中で立ち止まってしまい、祈れないということのなかに、Tさんの信仰の誠実を見るように思う。そしてゆるしの祈りを前にして、ゆるせない自分の罪に打たれ続け、しかしゆるそうと思い定めて立ち上がった者を、後ろから支えた神がいた。「人間の行為のなかで一番難しいのは、我が子を殺した人を許すということだ」としたら、神は何ゆえ、その最も難しい業を為さんと立ち上がった者を後ろから抱きかかえるようにして支えられるのか。それは、神こそは、我が子イエスを殺した人間を、その子のゆえにゆるした父だからである。私はここにTさんの話と『氷点』に共通した深みを見る。

三浦綾子自身が何度も繰り返し語るように、原罪の実質が自己中心であるなら、他を〈ゆるせない〉という形で、自己中心は最も端的に現れる。だから、〈ゆるせない〉自己中心に支配されてゆく啓造を描きつつ、作家は、それとは対蹠《たいしょ》的に、我が子を殺された父親がその犯人をゆるすという神の愛を裏側に書いているのだ。先に引用したエッセイ「私はなぜ『氷点』を書いたか?」でも「夏枝や啓造の反対側に、神を信ずる生き方を暗示させたつもりだ」と語られていたが、このようにネガとして描くのが『氷点』の書き方の深層構造であった。啓造が心に思った「汝の敵を愛せ」という言葉を、三浦綾子は単純に絶対不可能なものとして書いているわけではない。「神は子を殺した敵さえもゆるし愛した」という確かな証拠を基盤にして、ゆるせない者たちを描いているのだ。

「神の前に立つということを知らなかった」啓造には、「主の祈り」の言葉に打たれつつ立ち尽くすという経験はあり得ないことであった。啓造にとって、ルリ子を殺した犯人という敵を憎むことは、佐石土雄を喪《うしな》うことによって、いつの間にか自分のプライドを傷つけた敵を憎むことにすり替わっていってしまい、敵とは誰なのか？ 佐石か？ 陽子か？ 夏枝か？ 村井か？ 啓造のなかで敵は不明瞭に分散して確かな憎むべき像を結べなくなってしまう。それゆえに、逆に「汝の敵を愛せ」という言葉の前で、ゆるせない自分を厳しく問い詰められることもなかった啓造は、陽子によって「自分をごまかさずに、きびしくみつめた人間」を突きつけられるまでは、Tさんが体験したような、ゆるすことの苦しさを味わうことも、神の〈ゆるしの愛〉に出会う道も見出せなかったのである。

出生届の難しさと「バカになる」神

（とにかく籍を入れるか、どうかだ）
啓造は役場の門柱によりかかった。

（「どろぐつ」）

では、ゆるしはどのようにして完全に為されるだろうか？「ゆるしました」という言葉によってのみでなく、神は更に、人間が恐らくは誰一人思いも及ばなかった驚くべき方法でそれを証明された。「しかしこの方を受け入れた人々、すなわち、その名を信じた人々には、神の子どもとされる特権をお与えになった」と「ヨハネの福音書」一章一二節にあるように、神は、ご自分の子を殺した敵をゆるしただけでなく、ご自分の子どもとして受け入れるということを通して、そのゆるしを証明した。それはまさにTさんが体現していることだ。

しかし、啓造は、ゆるしてもいないのに敵の子どもを自分の子どもにしたのだ。啓造の苦悶は地獄にも等しいほどのものだったであろう。偽りのゆるしと、偽りの受容。しかもすべては復讐のための偽りであった。復讐心と偽りの愛、啓造の中にはこの二重の苦しみがあった。


啓造はおそるおそる子供の顔をみた。（略）あまりにも佐石にそっくりであった。赤ん坊らしくない濃い眉と、ふさふさとした髪の毛が、啓造はへんに不気味であった。

（「九月の風」）


この「おそるおそる」見る「へんに不気味」な「子供の顔」は自分の恐ろしい計画の道具を見る不気味さであろう。それは夏枝に対しては生ける凶器であり、また自分の計画の生きたままの犠牲者であり、また自分の罪の生きた証拠でもあるのだから。そんな陽子を啓造が愛することは至難と言ってよい。

しかし、他方で「汝の敵を愛せ」を本気で試みてみようと思う啓造は「（陽子を愛すること）を、一生の課題だと、おれは本気で考えたはずだ）」。「（愛するならば、籍に入れることを、こんなに迷うはずがない）」とも気づきながら、「（佐石の子でも愛せるとおれは思っていた。

しかし、辻口の籍にルリ子を殺した奴の子を入れることはできない）」と、その不可能性を自覚してゆく。

〈全く、おれはバカだ。自分の子を殺されて、その犯人の子を引きとって、その子に財産までわけてやる。汝の敵を愛せよは字数にしてわずか七字だ。しかしこの七字は、また何と途方もなくバカげたむずかしい内容を持っていることだろう〉

全くのバカにならねばならない。

（「どろぐつ」）

神はこの「全くのバカ」になったのだ。自分の子どもを殺した敵をゆるすだけではなく、その犯人自身を自分の子どもとするというのだから。「汝の敵を愛せよ」とは、そんな奴はゆるせないし愛せないし受け入れたくないという自己中心に打ち勝って〈にもかかわらず愛する〉ことなのである。

啓造は数年後「陽子ちゃんは、ぼくのおよめさんだよ」と言った幼い徹を、不自然なほど激しく叱っている。更に徹が成長し、陽子の出生と父母の秘密を知って「ぼくは大学を出たら陽子ちゃんと結婚するよ」と宣言したときも、「ばかな！」と啓造は叫ぶのだ。

まさに啓造にとっては「ばかな！」ことなのだ。啓造はなおも佐石の血が辻口家に入ってくることを嫌悪し続け、徹が愛によってその「バカ」の壁を超えたのに、「全くのバカ」になることのできない啓造は、本質的にはいつまでも役場の門柱によりかかって思案し続けているのだ。

「汝の敵を愛せよ」に挑む啓造は、プライドを背負って巨大な風車に立ち向かうドン・キホーテのようなものでもあろう。本人は大まじめでいるのに、実は相手をわからず、己をも知らないで勇敢に挑む滑稽《こっけい》さがある。しかし、聖書の言葉はいつもこのようなものなのかも知れない。たった七文字なのに、それに取り組もうとするときに、人を苦しめ続け、滑稽な者にするのである。永野信夫も「あなたの隣人をあなた自身のように愛せ」をやってみようとして苦しんだ。だから聖書なんか本気で読まない方がいい、と人は思う。クリスチャンもそうそう本気では読まない。知ったふりして読むだけだ。勝ち目のない苦しい戦いを続ければ続けるほど自分のどうしようもなさを徹底的にさらけ出されるから。でも、その果てに、永野信夫に何があったか？　彼は砕かれた。そしてその砕かれたところから、愛が入ってきて、本当にそれができるものになる。

4 佐石土雄とルリ子の物語

——三浦文学の原風景

夏の美瑛川。
見本林を抜けた川原（写真右上付近）で
ルリ子は殺された。

ルリ子の淋しさと戦争の影

夏枝に追い出されたルリ子において、人間にとって愛を失うことがいかに致命的なことであるかが表されていることはすでに述べた。だからルリ子を殺したのは本質的には〈だれもルリ子と遊んでくれない淋しさ〉であった。しかし、それはその日だけの特殊事情ではなかった。ルリ子が生まれた昭和十八年は、戦争が激しさを増し、病院の一番苦しいころだった。父が倒れ、啓造は病院の経営を継がねばならなかった。夏枝がルリ子を膝に抱き上げなかったように、啓造もその両手にゆっくりとルリ子を抱くということがなかった。

わずか三年の命しかなかったルリ子の上にも、戦争の影がいろ濃くおちていたことを、今更のように啓造はしみじみと思いながら、ルリ子を抱くことのほとんどなかった自分の両手をながめた。

（『氷点』「ルリ子の死」）

啓造はここで、この悔恨のうちに一つの戦争体験をしている。啓造にとっては、父親として父親らしく子どもを愛することのできないようにしたもの、それが戦争であった。啓造は「ルリ子の上にも、戦争の影がいろ濃くおちていた」ことを悟る。この〈淋しさ〉に殺された幼子《おさなご》ルリ子の悲劇は、事件当日の夏枝や佐石だけによって起きているのではなく、ルリ子を抱くことのなかった啓造によっても準備されたものであったことが明かされているのだ。

朝からじりじりと照りつける太陽を彼は見上げた。この太陽の下に、だれかルリ子を殺した奴がいる。そいつは今、とにかくどこかで生きている。そう思った時、啓造はすっくと立ち上がっていた。

アメリカの飛行機が編隊を組んで、啓造たちの頭上を、音を立てて過ぎ去った。非情な響きであった。

（「ルリ子の死」）


ルリ子の遺体の前に立ち尽くし、自分の子を殺した犯人さえも見出すことのできない啓造の頭の上を、嘲笑《ちょうしょう》するように、占領国アメリカの飛行機が飛び過ぎる。この飛行機の「非情な響き」とは過酷な運命の非情さの象徴的表現でもあるが、編隊を組んでいるそれは恐らく軍用機である。つまり、実はここに「ルリ子を殺した奴」の根源的な正体が明かされているのだ。

新聞記事の犯人佐石土雄の経歴には「中支に出征中戦傷を受け、第二陸軍病院に後送」と記されている。「戦傷」とあるからには、佐石土雄は前線に立たされたのだと推測できるのだが、「中支」での佐石の戦争は天津《てんしん》に少し行ってじきに帰ってきただけの啓造のそれのような簡単なものではなかったと思われる。点と線を守りつつ、無力な民衆に対して銃口を向け、あるいは町々で虐殺を為したとも考えられる佐石は、下書き原稿では戦争から帰って人格が変わってしまったとその妻に言われている。つまり佐石がルリ子を殺してしまう原因となった人格的精神的変調の根に戦場で受けた癒えぬ心の傷があったと考えられるのだ。

ルリ子が殺されたことは日本の北国の大きな戦争被害もなかった土地の片隅で、戦後に起きた幼女殺人事件であり、一見戦争とは何の関係もないかのように見える。しかし、三浦綾子はそれを戦争の恐ろしい結果の一つとして、あるいは戦争の本質を明かす事件として書こうとした。

ルリ子の遺体を抱く啓造と夏枝。後年書いた小説『母』の中でも、息子多喜二《たきじ》の遺体を抱きしめる小林セキという同じ構図の中に、時代と国の罪の結果を描いているのだ。そしてそれは、さかのぼれば、「創世記」でカインに殺された息子アベルの遺体を抱いて嘆いたであろうアダムとエバの姿(ウィリアム・ブレイクが見事に描いている)とも同じで、まさに〈原罪〉の結果の構図として連脈しているのである。

ルリ子が殺されなかったら、啓造は妻に対してあのような恐ろしい復讐を企てはしなかっただろう。それを思うと、啓造も夏枝も陽子も、戦争によって運命を乱され、翻弄《ほんろう》された人物である。戦争という巨大な罪がその後も長く連鎖的に悲劇を産んでゆくものであることが示されている。

佐石土雄の名前

「佐石土雄《さいしつちお》」という名前の意味を考えてみる。

「佐石土雄」は応募原稿のはじめの段階では「元木晴雄《もときはるお》」だったが、じきに「元木土雄」となり、応募原稿ではそのまま「元木土雄」で確定し、入選後朝日新聞連載用に書き改めた際に「佐石土雄」となった。確定時期の早い遅いで意味的な価値の軽重を言うことは難しいが、「土雄」という名が応募原稿の途中で発想されてからは動かなかったのは事実であるから、それで納得があったと思われる。

「土雄」はまず、「土にある男」すなわち〈地にある存在〉を代表するという意味を持つであろう。冒頭の文章に「ストローブ松の林の影が、くっきりと地に濃く短かかった。その影が生あるもののように、くろぐろと不気味に息づいて見える」とあるが、ここには直前の天の静的な情景と対照的に、地にあって罪の原理の中で生きざるを得ない人間の性質が表されている。「土雄」はこのような〈地にある存在〉の象徴という意味だ。

また聖書の「創世記」二章七節には「主なる神は、土《アダマ》の塵《ちり》で人《アダム》を形づくり、その鼻に命の息を吹き入れられた」と書かれている。だから、この人類最初の人「アダム」をそのまま日本語に置き換えると「土雄」という翻訳になる。つまり「佐石土雄」は地に住む人間の原型であり、陽子だけのではなくてすべての人間の「父」でもあるのだ。

姓の「佐石」の方は「祭司」の書き換えとして読むことも可能かと思うが、まずは前段階の「元木」と関連させて読む方がよいのかも知れない。「元木」については、聖書の解釈でよくやるように「木」を「十字架」と読むと、「はじめの十字架」と考えることができる。作品においてはじめに十字架を負わされている人間として現れ、人々を十字架の元へ導く契機になる人物、つまり罪に気づかせる導きの働きをする人物であろう。そのコンセプトは「佐石」でも同様で、「佐」は補佐《ほさ》するという意味だから、「石」を助けるという意味になる。「石」は「マタイの福音書」二一章などにあるように「捨てられた石」としてのイエス、偽善者的な生き方を粉々にする石であるとするなら、それはやはり、真の罪に気づかせる働きを補佐する存在という意味になる。

佐石土雄の人生

今度は佐石土雄の人物造形を考察してみようと思うが、「灯影」の章に次のように書かれている。

佐石の写真が載っていた。二十八歳よりふけて見え、三十五、六には見えた。佐石はぼんやりと、どこかを見ているようでうなだれてもいなかった。しかしがっちりした体格に似合わずに何か力のぬけたさびしい感じに写っている。顔は、意外に整った顔で、眉のこい額のひいでたあたりには、知的な感じすらただよっていた。やや厚い唇のあたりが甘い感じだった。タコをしていたという経歴が不似合いなぐらいだった。

〈佐石の語ったところによると、佐石は東京の生れで幼時両親を関東大震災で一時に失い、伯父《おじ》に養われて青森県の農家に育ち、昭和九年の大凶作に十六歳で北海道のタコ部屋に売られ、後転々とタコ部屋を移り歩いた。昭和十六年入隊、中支に出征中戦傷を受け、第二陸軍病院に後送、終戦直前渡道、日雇人夫として旭川市外神楽町に定住、結婚した。内縁の妻コトは女児出産と同時に死亡〉

新聞記事は淡々と、経歴を記しているが、関東大震災から敗戦後までのこの国が通った苦難を一身に集約したような人生である。私は、この経歴の底から湧き上がるようにして聞こえてくる一つの叫び声があると思う。それは「神が愛だなんて嘘《うそ》だと知っているぞ！」という叫びだ。この経歴の現実そのものが、無言のうちに、愛の神の不在を宣言しようとしているのだ。神が愛なら、なぜこんな苦難を人に与えるのか？　神が愛なら、なぜ憎くもない子どもを殺すような罪を犯させるのか？　どうして止めてくれないのか？

前の文にある、わずかに遠くへと向けられた、喘ぐような眼差し、そのうなだれない眼差しには、ほとんど絶望しながらもわずかに反抗せんとする、あるいは遠くの存在に問わんとする意志性が表れてもいる。しかし犯した罪の大きさの前に怯《おび》え、自供後自ら首を吊《つ》って死んでゆく佐石。彼自身は運命や神を呪う言葉を残すこともなく、疲れ果てて倒れ込むようにひっそりと殺人犯としてその人生を終えてゆく。しかしそれゆえ逆に、罪を犯さずに生きられない存在であることへの嘆きと、社会と世界への呪い、神の愛を否定する声は、佐石が本来持っていたその無垢な小市民性と弱者性ゆえに一層大きくなるのだ。このアダムである佐石土雄という問い、すべての人間がこの世に生きている限り避けることのできない問い、すなわち「なぜ人間には苦難が与えられるのか」という問いと「なぜ人間は罪を犯さずに生きられないのか」という問いは、この作品全体に響く深さを持つ。

それゆえこの『氷点』という物語が「佐石の娘」たる陽子が『続 氷点』において、燃える流氷原において神の愛を知るに至らねば止《や》まないのは必然であったのかも知れない。そして更には『銃口』に至る三十年に及ぶ三浦綾子の著作活動の一切が、この佐石という問いに対して応えようとした営みであったとも言える。罪の問題と苦難の問題は三浦文学の最大の二つのテーマであり、「罪に対する解決はあるんだよ」、「苦難の中を豊かに生きていける道もあるんだよ」と、この佐石土雄に三浦綾子は語り続けねばならなかったのだ。

タコの誰とでも話をしたいなつかしさ

三浦綾子記念文学館には「『氷点』登場人物年表」が所蔵されている。三浦綾子が執筆時に登場人物の年齢を間違えないために作成したと思われるもので、年代と各人物の年齢の数字がほとんどなのだが、この数字ばかりの表の所々にわずかな書き込みがある。その一つが佐石の「S9（昭和九年）」の欄にあって、16タコ、欄外にも「16才でタコ」と記されており、佐石の人物造形において「タコ部屋」の経歴が核心に措《お》かれていることがわかる。

　では「タコ」とは何か？　三浦綾子はのちに夫光世の兄健悦さんの体験談を元にしてタコ部屋から逃亡する男を描いた小説『逃亡』を書いているが、『銃口』でも金俊明《きんしゅんめい》という逃亡した「朝鮮人のタコ」を匿《かくま》う事件が作品の核の一つになっている。他にも『夕あり朝あり』や中国人強制連行強制労働を中心の主題とした『青い棘《とげ》』など、三浦文学において「タコ」は原基的な問題の一つである。そして小説『母』で、三浦綾子は小林多喜二の母セキに「どうしてタコっていうかわかんないども、海の蛸《たこ》のように、自分で自分の足ば食うような生活するから、タコっていうんだと、聞いたどもね」と言わせている。

「タコ」は近代日本の国家および経済体制がその構造の最底辺において集約的に自らの木質を暴露すべく結んだ像であったと言えるが、それは取りも直さずタコ労働者となった人間が「だれも自分に食べ物をくれない」「自分一人で自分を生かさねばならぬ」存在であるという、淋しさの像でもあった。誰にも自分のいのちを顧みられない存在の淋しさ。そして更に言えば、それは敗戦後の堀田綾子の心の淋しさともつながっているだろう。

　いずれにせよ、「タコ」はその過酷なまでの淋しさの果てからも他なる人格的存在を希求している。無言で絶叫するように。誰にも愛されず、虐げられ、見捨てられたこの自分を生かしてくれる誰かの眼差しを求めているのだ。この淋しさと他者の渇望は、同じく文学館に所蔵された『氷点』の「取材ノート」に記された佐石の構想にも窺《うかが》われる。

「赤ん坊おいて女房が逃げた／ギャアギャア泣かれて頭が変になって／誰とでも話をしたいなつかしさのままにマリ子／と川原に行き又泣かれて錯乱状態になる／ブタ箱に入れられている内に死ぬ（下略）」。

この「誰とでも話をしたいなつかしさのままに」という言葉こそ、作品では秘された佐石の内奥の淋しさであり、また佐石に寄せる作家の共感の深みを表している。

淋しい者が二人

生まれたばかりの赤ん坊を残されて女房に死なれた佐石は、赤ん坊に泣かれて、精神的にくたびれていた。昭和二十一年七月二十一日の午後、親切な下宿のおかみさんに赤ん坊を預けて泳ぎにでも行こうと家を出て、辻口家の所を通りかかったちょうどそのとき、裏口からルリ子がかけ出してきた。立ちどまるとルリ子も立ちどまって佐石を見あげた。「メンコイな、川に行こうか」というと、ウンとすぐついてきたと佐石は自供している。

ストローブ松の林を抜けて土手を登るとき、その土手はその女の子には無理だったろう。男は女の子を背負った。その背中と両手でしっかりと背負って、土手を登って、振り返ると林の向こうにお屋敷が見える。その小さな女の子は、その家の方を、にらむように見ていただろう。土手を降りると、そこはドイツトウヒの暗い森で、少し恐くなったのか、女の子は男の手を強く握る。それは小さくて柔らかな手だったに違いない。夏枝はその手でルリ子を抱き上げることをせず、突き放し、啓造は多忙のゆえに、その両手でルリ子を抱くことがほとんどなかった。しかし佐石はルリ子を背負い、手をつないで一緒にその暗い林の中を歩いたのだ。

ところが川に行くと祭りのせいか、誰もいなくて、ルリ子は淋しくなって泣きだした。「おかあちゃま、おかあちゃま」とますます泣きたてられると、赤ん坊の泣き声で神経衰弱になっていた佐石は、情けなくなってカッとして、おどすつもりでその首に手をかけてしまう。そして気がつくと女の子は、ぐったりとなっていて、恐ろしくなった佐石は逃げた。

母夏枝に追い出されたルリ子も人生の苦難に打ちのめされた佐石も「誰とでも話をしたいなつかしさ」を抱いて、仲よくしてくれる誰かを渇望していたのだ。だからこの二人は手をつないだ。しかし、この二人の間に、忌まわしい事件が起きてしまう。淋しい者同士が出会って、なぜ人は愛し合い慰め合うことができないのか。なぜ淋しくて人恋しい者が、淋しくて人恋しい者に殺され、弱い者が更に弱い者を殺してしまうのか。ここには三浦綾子の、そして同時に神の、胸の裂けるような痛みと懊悩《おうのう》と涙があるように感じられる。誰でもいいほど淋しかったのに、誰にも愛されず、誰をも愛せない。それが人間なのか。そこに愛の本源たる神を離れた人間の悲惨がある。

三浦綾子は佐石を単なる凶悪犯として描くことはしなかった。癒やしがたい人恋しさを抱きながらも愛し合うことのできない人間の淋しさ、傷つけてしまう人間の悲しさを、殺人犯佐石土雄を通して描いたのだ。そしてそのように佐石（とアダムの末裔であるすべての人間）を見ていた三浦綾子の眼差しは、佐石と同じように貧しくなって、そのような佐石を背負うために犯罪者として死ぬことを受け容れたイエス・キリストの眼差しと同質のやさしさに満ちていた。

佐石土雄と辻口啓造

「佐藤の佐に石ころの石、佐石土雄という男に心当りがありますか?」

（「ルリ子の死」）

啓造は、警察から犯人を聞いたとき、それが村井でなく、知らない男であったことに拍子抜けしたが、「どこかで一度聞いたことがあるような気がし」て、「案外よく見かける男かも知れない」と思った。啓造と佐石。一方は人格者の病院長、他方は日雇い労働者で殺人犯だが、実は啓造にとって佐石は「案外よく見かける男」だった。同じ神楽《かぐら》町で近所に住んでいるからではなく、彼自身のなかに「案外よく見かける男」であったのだ。

啓造は佐石の新聞記事を繰り返し読んだ。繰り返し読むことは、無意識的であったとしても、その中に潜んでいるものを探ろうとする行為である。果たして、繰り返し読むうちに、次第に啓造の目に佐石土雄という人間の真の姿が浮かび上がってきた。

（憎いには憎いが、考えてみると佐石もあわれな男だな）

（「灯影」）

わずか十六歳でタコ部屋に売られた孤児《こじ》の佐石。「すっぱだかに赤いふんどし一つで、道路工事をしている」タコを啓造は見たことがあった。「（あれが人間か）／と思われる恐ろしい形相の棒頭が、けもののようにわめいていた」のを思い出す啓造。「（あれが人間か）」とは、棒頭の形相だが、またその形相が向けられているタコ自身の本質をも顕《あらわ》している。基本的自由や人格の尊重、生命への畏敬《いけい》、死の尊厳といった点で、全く人間以下の「あれが人間か」と言われるような状態にタコは落とされてしまっているのだ。何によって人間がそのようなところにまで落とされてしまうのか？　それは、人間が人間として見られないこと、労働力を提供するひとつの消費財としてしか見られないことによって、疎外状態に陥ってしまうからだ。

ここには『草のうた』にも語られる綾子自身のタコを目撃した経験が重なっている。

赤銅色に日焼けした、赤い腰巻姿の彼らが、私は無性に恐ろしくなった。

「帰ろう鉄ちゃん」

「うん、帰る」

二人は文字どおりころがるようにして、土を盛り上げただけの柔らかい土手を駆けおり、うしろも見ずに逃げ帰った。私も鉄夫も、しかしその見たものを誰にも言うことが出来なかった。ただ日が経つにつれて、赤い腰巻が目にちらつき、気になってならなかった。タコを見た者は、ほかにもいて、赤い腰巻は逃亡防止のための策であることを、やがて私は知らされた。今も、あのトロッコを押していた男たちの姿が目に浮かぶが、大勢いたにもかかわらず、ただの一人しかいなかったような、淋しい光景として心に残っているのは、なぜであろうか。


（『草のうた』）


拘束虐待され、何ものにも守られず、尊ばれず、勿論愛されず、曝《さら》されている孤独な存在であるタコの本質を幼い堀田綾子は鋭く感じとっている。「佐石土雄」の「土雄」は、この泥土にまみれた赤い腰巻のタコの姿からも取られているのかも知れない。

タコの「赤いふんどし」は陽子が夏枝に首を絞められた日、バスから見たサムライ部落の一軒の窓にぶら下がった「赤い布」や、白い服を作ってもらえなかったために学芸会で陽子が着て踊る「赤い服」と同じテーマでつながれている。それらは、愛という着物を剝《は》がされたゆえに危険な吊り下げ状態にある「いのち」と言ってよい。人間存在の基本的な脆弱《ぜいじゃく》さが証明されているのだ。

＊

佐石のことを思いながら見本林を歩いているうちに、啓造の脳裏に忌まわしい記憶が湧いてきた。十七か八の夏、近所の八つぐらいの女の子を連れて、美瑛川に泳ぎに来たとき、啓造はその少女に劣情を抱いたのだ。そして、その女の子は長じてから啓造に会ったとき、啓造に冷笑の眼差しを向けた。啓造にとってそれは何としても抹消してしまいたいような、耐えがたいものだった。啓造はその少女の死を願った。かくして啓造は、ついに最も憎むべきルリ子殺しの犯人である佐石と自分とが、その質において相似的存在であることを思うに至る。

（犯人の佐石とおれと、どれだけのちがいがあるのか）／（佐石は劣情を持たなかっただけ、おれよりまだましな人間かも知れない）／（おれだって、あの時あの子が泣きわめいたら首をしめたかもしれないのだ）／（医学博士の辻口啓造も、殺人犯人の佐石土雄も、結局は同じなのだ）

（「線香花火」）

自分は罪を犯したりしない大丈夫な人間であると思うのは思い上がりだ。最も憎むべき存在と自分が同質であることを知る機会は貴重である。大丈夫どころか自分では救い難い存在であることを知ることの可能性が与えられるからだ。のちに、陽子の首を絞めるという形で夏枝にもそれは与えられることになるが、彼女はそれを充分に捕らえることができなかった。

佐石と近堂弘

三浦文学の主人公は『氷点』の辻口陽子から始まって『銃口』の北森竜太《きたもりりゅうた》に終わる。この二人はいずれも、若くまっすぐで誠実、そしていかに生きるべきかを真剣に考える人物だ。しかし、三浦文学の最初と最後の作品を見るに、もう一つの人物の組み合わせがある。それは佐石土雄と近堂弘《こんどうひろし》だ。近堂弘は北森竜太の満州（中国東北部）での戦友だが、佐石土雄と近堂弘は幼い頃からの貧困、差別、タコ的な重労働、そして何よりも淋しさなどの点で共通点が多い。

「しかし、一人って淋しくてね。どうかして、ただの一人でも友だちになってくれないものかと、思ったこともある」

（『銃口』「鎧戸《よろいど》」）

この近堂一等兵が言うところは佐石の人生でも同じだ。近堂弘は竜太に語る。

「自分の下に一人の輩下が戦友として与えられることになったのだ。それを聞いた時、どんなにうれしかったことか。北森一等兵、その時の俺の気持がわかるか。俺は生れてはじめて、人の上に立つという経験をするわけだ。絶対に俺は下の者に威張ったり、殴ったりはしまい。喜ぶようなことばかりしてやりたい。そう思って待っていたのが、北森一等兵、君だった。長年、人夫頭以外心をゆるせる人間がいなかった俺に戦友ができた。うれしかったなあ。毎日毎日俺と口を利いてくれる人間がいた。うれしかったなあ」

（『銃口』「鎧戸」）

「誰かと話をしたいなつかしさのままに」と「『氷点』創作ノート」に記された佐石土雄の影がここにある。「誰かと話をしたいなつかしさ」を痛いほどに知る者だけが「口を利いてくれる人間がいた。うれしかったなあ」と言えるとしたら、近堂弘はもう一人の佐石土雄である。

竜太の結婚式の説教で語られるように、愛とは「人間を幸せにする意志」だとしたら、「まだ見ぬ部下に、一生懸命親切をつくそうとして、待ちかまえていた」この近堂こそ、愛が何の報酬でもないゆえに、真の愛の人であると言える。実際、近堂は竜太に上官の洗濯物を取って来させ、自分が洗濯して出来上がったものをまた届けさせることで、上官の好意を竜太に得させようとしたりしてくれる。
敗戦後、旭川に戻った竜太のもとに、古浜武《こはまたけし》という九州小倉《こくら》に住む元日本兵から手紙が来るが、そこには、戦争の終わる日の近堂弘の戦死の様が書かれていた。八月十五日、トラックで輸送をしていた古浜と近堂はソ連の戦闘機に銃撃された。

〈ところが突然、ハンドルを握っていた近堂上等兵殿が、「古浜っ！　敵機だ。伏せろ！」と叫びながら、私の上に覆いかぶさりました。
気がついた時、上等兵殿は私をかばったまま死んでおりました〉
〈もし近堂上等兵殿が私の体の上にかぶさっていなければ、私が死んでいた筈《はず》であります。運転台に動かずにいれば、近堂上等兵殿は弾丸を受けずにすんだのです。何とも無念でなりません（略）〉

（『銃口』「明暗」）

近堂の最期を知った竜太の中に何かが始まった。再び教壇に立って、「近堂上等兵のように生きた人間のいることを、生徒たちに教えてやりたいんだ」という希望と使命が与えられたのだ。
近堂弘のような人間を書き伝えること。それが敗戦後の虚無観から立ち直り、小説を書くという、もうひとつの教壇に立った三浦綾子の願いだったと言えるだろう。近堂の中には、人間の中の最上のもの、キリストの犠牲の愛と、貧しさと淋しさという苦難の中を「にもかかわらず」愛を持って誠実に生きた庶民の真実、清くて豊かな人生の見本があるからだ。この近堂弘が示した生き方こそは、三浦綾子が佐石土雄という最初の問いに対して贈った最後の答えであったと言ってもよいのではないか。

5 洞爺丸事件が語る『氷点』の核心

冨貴堂書店。
洞爺丸事件から生還した啓造は
ここで聖書を買う。

書き直しと渕上教授

朝日新聞が新聞連載の一日分の量を変えてほしいと言ってきたとき、夫光世が、書き直すのなら一九五四（昭和二十九）年に起きた洞爺丸《とうやまる》遭難事件のことを入れてはどうかと提案して、二人は函館《はこだて》まで出向いて行って調べ、作品に書き入れた。エッセイ集『それでも明日は来る』にある「青函《せいかん》連絡船の思い出」という文章を見ると、連載が始まって半年ほど経った一九六五（昭和四十）年五月の連休の頃、三浦夫妻は函館に行き、洞爺丸の生存者の一人函館教育大学の美術の教授渕上巍《たかし》氏を紹介されて、函館山中腹の喫茶店で、渕上教授から体験談を聴いた。ゼミの若い学生幾人かを連れて本州にスケッチ旅行に向かう途次の遭難で、一行のうち生き残ったのは教授一人、学生は誰も助からなかった。三浦綾子はこの教授の体験をつぶさに尋ねて『氷点』の啓造の体験の中に書いた。この世のものとも思えぬ夜光虫の美しさはそのひとつで、後年『青い棘』の中にも夜光虫を大事な要素として書いている。渕上教授には、若い学生に死なれ自分ひとり生き残った者の苦悩と悲哀が滲《にじ》み出ていた。その後時々教授は思い出したように葉書をくださったようだが、あるときは生き残った自分が家族と共に楽しく生きてはならぬと思っているかのように「家族と離れ一人で暮らしている」とあり、またのちの便りには「カトリックの洗礼を受けた」という葉書もあった。三浦綾子は、この〈生き残った者の心〉に寄り添いながら、この部分を書いたのではないかと思う。

洞爺丸遭難

一九五四年九月二十六日、鹿児島に上陸した台風十五号は、時速百キロの速度で日本海を北上、北海道の西岸を抜けていった。十四時四十分出航予定の青函連絡船洞爺丸（四千三百三十七トン）は台風の通過を待っていたが、風が止《や》み、青空も広がってきた。台風通過は時間の問題で、洞爺丸は最新鋭船ゆえ多少の強風は問題なしと見て、約四時間遅れの十八時三十分、函館港を出航。ところが、直後に凄《すさ》まじい暴風に襲われて、港から一キロにも満たないところで浸水、エンジンが故障。操舵《そうだ》不能となった洞爺丸は七重浜沖八百メートルで座礁、船体が傾き、ついに転覆沈没。乗員乗客を合わせて千百五十五人の犠牲者を出す大惨事となった。一九一二年に起きたタイタニック号の遭難（死者千五百十三人）に次ぐ史上第二番目の犠牲者を数える海難事故になった。

この洞爺丸には三人の宣教師が乗り合わせていた。カナダ出身のストーン宣教師、アメリカから来たリーパー宣教師、カナダ合同教会のオース宣教師。オース宣教師は奇跡的に救出されたが、ストーン、リーパー両宣教師は翌日七重浜で遺体が発見された。事件後、日本経済新聞は、二人の宣教師を、救命具を譲《ゆず》り、乗客を励ましながら死んでいった「北海に散った外人宣教師」として報じた。

『氷点』を書いた段階では、三浦綾子はこの二人の宣教師のことをつぶさには知らなかったようで、名前や年齢などを知ったのは後年であったようだ。

二人の宣教師

亡くなった宣教師の一人、アルフレッド・ラッセル・ストーン宣教師は、一九〇二年、カナダのオンタリオ州にアイルランド系農民の子として生まれ、トロント大学などで学んだのち、牧師となり、一九二六年来日。東京で日本語を学び、一九二八（昭和三）年に長野に赴任、各地で農民福音学校を開催、保育園を開設するなどの働きをした。ストーン宣教師はまた欧米の珍しい野菜を移入して野尻湖《のじりこ》周辺での栽培を推進し特産品にしたので、野尻湖畔にはストーン師の記念碑が建てられている。ストーン宣教師は「土を愛し、人を愛し、神を愛せよ」を信条に生き、日本食を食べ、日本の民家を愛し、日本語で語り、生涯を日本の農村伝道に捧げた人生だった。

一九五四年開拓伝道の働きを担うために北海道に赴任。同年九月二十六日、上京中、青函連絡船の洞爺丸で台風に遭遇して五十二歳で天に召されることとなった。この年の七月十二日には旭川六条教会で説教をし、江別太《えべつぶと》のキリスト村に『愛の鬼才』の主人公西村久蔵を訪ねている。ストーン宣教師は九月二十五日札幌《さっぽろ》を発って函館に向かい、二十六日朝は日本基督《キリスト》教団函館教会で「平和の道」と題して説教し、定時発であれば乗れないはずの洞爺丸が四時間ほども遅れて出港したので、間に合って乗船した。

＊

ディーン・リーパー宣教師は一九二〇年、アメリカのイリノイ州の農場を経営する父のもとに生まれた。クリスチャンの両親に育てられ、イリノイ州立大学農学部に入学するが、学内のＹＭＣＡに参加して、アジア宣教師となる夢を抱くようになる。やがて太平洋戦争で召集されたが、武器は持ちたくないという希望が認められ、日本を研究する任務に就いた。一九四五年、終戦とともに、日本ＹＭＣＡの指導者として日本へ渡り、ＹＭＣＡ再建に力を尽くした。彼は自ら努めて日本人になろうと、鉄道は三等に乗り、銭湯では日本人と背中を流し合ったという。また手品の技をもって多くの人々を楽しませた。四年の働きを終えてアメリカに帰り、牧師の資格をとって一年半後に再来日。北海道と東北地方のＹＭＣＡを巡回して、九月二十六日、函館から青函連絡船洞爺丸に乗り込んだ。

＊

その日洞爺丸の船内で起きたことについては確かな証言はないが、船が大きく傾き、船室に水が流れ込んだとき、三人の宣教師は力をあわせ、悲鳴のなかで逃げまどう乗客に救命具を配り、着用に手間取る子どもや女性を助け、救命具のない若者を見つけ「あなたには未来があるから」と救命具を譲り、最後まで励ましの言葉をかけ続けたと伝えられている。

ディーン・リーパー宣教師の長男スティーブンは、やがて広島で平和運動の働きに従事し、長女リンダは『氷点』に父親のエピソードが書かれたことに感謝して三浦綾子を訪ねた。綾子もそのときのことをエッセイ集『泉への招待』に収められた「ミス・リーパーの来訪」に書いている。

宣教師の姿が映す神の愛

『氷点』のテーマは原罪であって、その先の問題である〈ゆるし〉や神の愛についてははっきりと書かれてはいない。陽子が遺書の中で「ほしい」と書いた〈ゆるし〉は『ひつじが丘』と『続 氷点』のテーマとなってゆく。しかし『氷点』には希望がないというわけではない。物語のちょうど折り返しの位置に置かれたこの洞爺丸遭難事件の宣教師の姿には、真実の愛の姿がはっきりと示されているのだ。

洞爺丸が台風に遭って船が大きく傾いてほぼ真横になり、海水が流れ込んだところ。


ふいに近くで女の泣声がした。胃けいれんの女だった。

「ドーシマシタ?」

宣教師の声は落ちついていた。救命具のひもが切れたと女が泣いた。

「ソレハコマリマシタネ。ワタシノヲアゲマス」

宣教師は救命具をはずしながら、続けていった。

「アナタハ、ワタシヨリワカイ。ニッポンハワカイヒトガ、ツクリアゲルノデス」

（「台風」）


途方に暮れて泣くしかないようなときに、そんな私に気づいて、かわいそうに思って、駆け寄って「ドーシマシタ?」と聞いてくれるのが、本物の愛だ。涙の理由を聞いてくれる人はなかなかいないが、本当にやさしい心で「ドーシマシタ?」と言ってもらえたら、それだけで人は半ば救われるのではないか。

そして、宣教師は「ソレハコマリマシタネ。ワタシノヲアゲマス」と言う。これが愛だ。私だったら「わしが困っとるんやから、お前のをよこせ」と言うところだ。これはエゴ。「ソレハコマリマシタネ」とは、自分の事情ではなく、その人の事情を優先する心である。宣教師は自分のことなんか問題にしていないし、自分なんか心の中にないのだ。全身全霊で同情し、その問題を担おうとする心。「それは困りましたね。お気の毒に。では、お祈りしておきますね、さようなら、お元気で」と言いながら去っていったりはしないのだ。それは私のような偽クリスチャンのすることだ。彼は、「ワタシノヲアゲマス」と言うのだ。

「ワタシノヲアゲマス」は、救命具を上げてしまうのだから、「私のいのちをあげます」と言うのに等しい。文字通り命がけの愛、「人がその友のためにいのちを捨てるという、これよりも大きな愛は誰も持っていません(「ヨハネの福音書」一五章一三節)」と、聖書に書いてあるものだ。命も含めて「ワタシノヲアゲマス」というのだから、無条件かつ限定なしに「私が持っているものであなたに必要なものは何でもあげます」と言っているのだ。

そして更に宣教師は「アナタハ、ワタシヨリワカイ。ニッポンハワカイヒトガ、ツクリアゲルノデス」と語りかけている。生きるべき方向と使命をも与えて励ましているのだ。アウシュヴィッツを生き延びたのは、頑健な人ではなく、心に生き延びて果たすべき使命と希望を持っていた人だった。人を本当に生かすものは何か？　それをこの愛は知っているのだ。

このような愛によって人は、かけがえのないものとして愛される経験をするのだ。

「ドーシマシタ？」

「ソレハコマリマシタネ。ワタシノヲアゲマス」

「アナタハ、ワタシヨリワカイ。ニッポンハワカイヒトガ、ツクリアゲルノデス」

これが神の愛であり、それは、ルリ子を生かし、佐石を生かし、陽子をも生かすことのできるはずの愛なのだ。

前川正の姿

三浦綾子はここで宣教師に救命具を渡された人物を、青年ではなく二十代の女性にしている。それは、この宣教師の愛の質が、堀田綾子が体験した前川正の愛と重ねられているからではないかと思う。

「ドーシマシタ？」「ソレハコマリマシタネ。ワタシノヲアゲマス」は、まさに前川正が堀田綾子に贈った波多野精一の『時と永遠』にある、「他者より発して自己へと向ふ」心であり、「他者を主となし自己を従となす」真の愛の姿勢である。つまり、ここに描かれた宣教師の言葉は、一九四八（昭和二十三）年十二月二十七日、旭川市十条十一丁目の結核療養所白雲荘を訪れた前川正の言葉だったのだ。前川正の口がこの宣教師と全く同じ言葉を発したということではない。しかし、「ドーシマシタ?」と、前川は堀田綾子に問い、「ソレハコマリマシタネ。ワタシノヲアゲマス」と言ったはずだ。私の文学も、私の信仰も、そして私の命もあげようと、彼は本気で考えていたのだから。そして、「アナタハ、ワタシヨリワカイ。ニッポンハワカイヒトガ、ツクリアゲルノデス」。自分が死んでもあなたはあなたの道を歩みなさい、あなたにはあなたの使命が、この日本に対する神さまからの使命があると彼は語った。それは遺書にも見て取ることができるものだ。

生命を受けついで生きる

北国では、雪の降る前になるときまって、乳色の小さな羽虫が飛ぶ。飛ぶというよりも、むしろ漂うような、はかなげな風情があって、人々は寒さを迎える前のきびしい心構えが、ふっと崩されたような優しい心持になるのであった。（略）しかし雪虫は他愛なくペタペタと死んだ。それは一片の雪が、指に触れて溶けるような、あわあわしさであった。（略）

啓造はふっと、今年の春死んだ前川正を思い出した。

茫々天地間に漂ふ実存と己れを思ふ手術せし夜は

肺結核で肋骨切除をした時の、前川正の歌だった。前川正は啓造の三期後輩だった。同じテニス部の頭のよい医学生だった。彼のこの歌境にあった時の孤独を、いま啓造はしみじみと思いやることができた。それはあの暗い波間に浮き沈みしていた時の啓造に似ていた。

（この孤独を通って彼は死に、そしておれは生きた）

（「雪虫」）


洞爺丸で遭難したとき「暗い波間に浮き沈みしていた」啓造のいのち、肋骨を切除した夜の前川正のいのち、あわあわしくはかない雪虫のいのち。それらの漂ういのちたちの弱さと、乳色のやさしさのなかに、そのはかないいのちのなつかしさに触れあいながら、そこにしばらく浸っていたいような、そこにむしろ一種の憩いを感じつつ、啓造は人生の漂流者の顔をして、旭川の街を彷徨《さまよ》うように歩いていたのだ。

啓造は思った。

（みんな生きていたかったのだ）
啓造は、自分が死んだ人々の命を引きついで生きているように思えた。（略）
（あの宣教師は助かったろうか？）
あの胃けいれんの女に、自分自身の救命具をやった宣教師のことを、啓造はベッドの上でも幾度も思い出したことだった。啓造には決してできないことをやったあの宣教師は生きていてほしかった。あの宣教師の生命を受けついで生きることは、啓造には不可能に思われた。あの宣教師がみつめて生きてきたものと、自分がみつめて生きてきたものとは、全くちがっているにちがいなかった。

（「台風」）

「みんな生きていたかったのだ」。それは堀田綾子の思いでもあっただろう。あの嵐の夜を生き延びた者と、死んでいった者がいた。戦争と、戦後の結核の時代、多くの若い人が死んでいった。そして前川正もその一人だった。

前川正は洞爺丸台風が来る年の春、十三年の闘病の果てに死んだ。その五年後、同じ十三年の闘病の後、堀田綾子は癒やされて結婚した。生き残った者は、死んだ者の心といのちを受け継いで生きなければならないのだと、堀田綾子は思っただろう。

一九五三（昭和二十八）年十一月十六日、堀田家を訪れた前川正は、約一年前に切除した肋骨の入った箱を綾子に渡して帰っていった。そして半年後、彼が死んだとき、女はその骨を抱いて一緒に死にたいと泣きながら、しかしその骨の主のように生きねばならぬと思い直していった。その骨の主の心を、女は生きようとした。あの宣教師の生命を受け継いで生きたいという啓造の思い、それは前川正に対する堀田綾子の思いであった。前川の遺書を読んだ堀田綾子にとってそれは約束であり使命であったが、啓造にとってはまだ問いであり、当てのない単なる願いでしかなかった。だからこそ、堀田綾子にとっての前川の遺書に当たるもの、その人が見つめて生きたものを示す言葉が啓造には必要だった。

愛するしかないから、聖書を求める

啓造は、旭川に帰ったら本当に悔いなく生きたいと思っていた。夏枝を愛し、徹を愛し、陽子を愛し、そして村井とも仲よく生きていきたいと思っていた。小学校一年生のようなういういしい真剣さで生きたいと願っていた。しかし、やはり陽子を本当には愛することはできず、あの洞爺丸遭難の夜、村井が辻口家を訪ねてくる約束ができていたことを知り、夏枝を信じることにも挫折してゆくのだった。

人間の一番の使命は、愛することであり、神は人を愛するという務めを果たすべき者として、期待して造られたのだが、人はどうやったら愛することができるのかわからず、すぐに愛することができなくなってしまう。でも、人生の根本的な回復はそこにしかない、愛することにしかないのだと、啓造は半ば気づいていた。

（愛するとは……）

ふっと、洞爺丸で会った宣教師が思い出された。

（あれだ！　あれだ！　自分の命を相手にやることだ）

啓造は思わず膝を打った。（略）

（おれは、汝の敵を愛せよという言葉は知っていた。しかし、人を愛するのは、スローガンをかかげるだけじゃ、だめなんだ。あの宣教師は、もっと大事な何かを知っていたんだ。単なる言葉じゃないものを知っていたのだ。言葉だけじゃなく、もっと命のあるものを知っていたんだ）（「雪虫」）

それを啓造は知りたかった。

「もっと大事な何か」、「単なる言葉じゃないもの」、「もっと命のあるもの」を知りたいと啓造は強く思っていた。雪虫の飛ぶ晩秋のある日、啓造は、春に死んだ前川正のことを思い「いつまでも雪虫のただよう街を歩いていたい思い」を抱きながら、不思議にも冨貴堂書店の聖書の棚の前に辿り着いた。啓造は、口語訳聖書を手に取った。あわあわと軽く、漂う者のいのちの掌《てのひら》に「ずしりと重い聖書」が与えられたとき、啓造は「マタイ伝第一章」のマリヤの処女懐胎の記事を読んだ。

お腹《なか》が大きくなってきたマリヤとの婚約を破棄しようとまで考えていたヨセフが、天使の命じた通りにマリヤを妻に迎えたということに、啓造は強く心打たれる。啓造は自分の弱さを思いつつ、驚嘆し、感動した。

最も信じがたい立場にあって、天使の言葉に素直に従ったヨセフに、啓造は驚嘆した。ヨセフが神を信じ、マリヤを信じたように啓造も、夏枝の人格を信じたかった。

啓造は、時おり彼の体にぶつかりながら出入りする客の中で、聖書を持ったまま溢《あふ》れる涙をこらえかねた。

（「雪虫」）

信じられないはずのことを信じた男がここにいる。それによってマリヤを離縁するという悲劇は回避され、このヨセフを父として、救い主イエスは生まれたのだ。

一旦はマリヤと断絶されて、信じられない孤独に突き落とされたヨセフが、天使によって告げられた神の言葉を信じることでマリヤを信じ、神の言葉に従うことによってマリヤと夫婦になっていった。ヨセフ以前にマリヤもまた天使ガブリエルによる受胎告知を受けたのだが、神の子を孕《はら》むなんて、そんな信じられないことを、にもかかわらず、マリヤは一人でまず信じた。そして、ヨセフにそれを告げた。ヨセフに告げるまで、あるいはヨセフが信じてくれるまでマリヤも孤独だったはずだ。しかし、コミュニケーションの基盤、信頼し合う人格の関係の基盤は、このような孤独を通して、神の言葉を信じることのなかに踏み留まることで、人をも信じるようになることによって成立してゆくものなのだ。この二人の心の苦闘のドラマに、信頼し合う本当の夫婦となることの実質的な養いを見ることができる。

対照的に、辻口の夫婦は多くの読者が「よくあんなに、問いも言いもしないで我慢できるものだ」と感じるほどに、自分の胸のうちを互いに語ることがない。しかし彼らは内心では多くの言葉で互いを罵《ののし》り、裁きながら生活している。正しく正面から向き合い語り合う態度と言葉を持っていないゆえに、コミュニケーションが不全な状態になっているのだ。「創世記」によれば、アダムの「助け手」としてエバが造られたとあるが、この「助け手」はヘブライ語の原義では「向き合うもの」という意味である。その「向き合う」本質から外れてゆくときに、夫婦は本来の関係を失い、崩壊の危機に直面することになる。

アダムとエバが神の言葉を無視したときに、彼らは互いに責任を転嫁し合う者になった。神の言葉を失ったところに真のコミュニケーションは成立しない。神の言葉が仲立ちとなり基盤になるからだ。夏枝というエバが村井とのアバンチュールの誘惑という禁断の実の誘惑に負けてゆくとき、ルリ子の死が明らかになる前から、すでにこの夫婦の間ではコミュニケーションに故障が起きている。啓造は訪問者のことを訊《たず》ねられず、妻は村井の訪問を告げることができなくなっていた。結婚の誓いという、神の前での言葉に背いてゆく行為がまずあって、言葉を失うのだ。やがて啓造が結婚の誓約のなかにあったはずの〈妻を愛するという使命〉を意識的に捨てて佐石の子を引き取ろうとするときに、それは決定的となる。彼らは本心を語り合うことができない夫婦、決して通じ合うことのない夫婦になってゆくのだ。

辰子はこんな辻口家のディスコミュニケーションの危うさを見て「この家はもっと言いたいことを言い合わなければ駄目だ」と言っているが、夫婦の間では実は「言ってしまったら終わりだ」というのも事実なのだ。真のコミュニケーションの土台となるものがないことを夫婦はそれぞれに知っているのだ。実際、のちに「淵」の章では、夏枝が陽子の出生の秘密を知っていることを啓造に告げ、ついに夫婦が本心で言い争う場面がある。村井との関係を指摘して夏枝を裁く啓造は、「お前に文句をいう資格があるのか」と一方で反論を封じながら、沈黙する夏枝に「(何とか、いってくれ)」と心で願ってもいる。夏枝に対し今まで何も言わずに裁き罰してきた啓造が、夏枝の沈黙を恐れるのだ。こうして「心の底をぶちまけて」も相互理解や和解はそこになく、裁く啓造に残ったのはただ「他人よりも遠い二人であった」という孤独だけであった。

だからこそ、「雪虫」の章では、無意識的にも、啓造は夫婦のコミュニケーションの回復のために、冨貴堂書店で聖書を買い、教会に行ってみたいと思い始めることになる。

＊

三浦夫妻は毎朝一緒に聖書を読んでいた。それが夫婦の絆《きずな》を保つ要であり、共に語り働く基盤を作り支えるものだと知っていたからだ。二人で聖書を読み、祈ってから、彼らは口述筆記に取りかかった。

日本聖書協会刊の口語訳聖書（新約聖書）は、啓造が聖書を買ったこの年、一九五四年に出版されていて、当時のキリスト教界にとってはビッグニュースの一つだった。『氷点』はその十年後に書かれているのだが、三浦綾子は口語訳聖書の刊行のことを覚えて巧みに取り入れ、その存在を多くの一般読者に知らせようともしていたようだ。

6 かけがえのないものを求めて
——『嵐が丘』と正木次郎

アイヌ墓地。
正木次郎の死後、啓造と陽子は
ここを訪れ死について考える。

愛の希《ねが》いと挫折

人はみんな、誰かを愛したいという願いを持ち、また誰かに愛されたいという願いを持っている。人間の生まれてきた意味、そして一番の使命は、自分を愛することと、人や世界や他のいのちを愛すること、神を愛すること。そしてまた、それらから愛されることだ。だから人は、愛し愛され、愛によって結ばれたいと思う。愛によって結ばれるときに、人は生きることの喜びに満たされるが、それは神の愛がもたらす圧倒的な喜びの雛型《ひながた》でもある。

十六歳の綾子も、そんな願いを胸の奥に抱いて、愛によって人と結ばれてゆく仕事として、教師になる道を選んだ。しかし、敗戦。それは愛の挫折でもあった。愛し信じて語っていたことが、その愛の対象たる子どもたちを間違った方向に、あるいは死なせる方向に向かわせるものであったと知った日、彼女の絶望はあまりにも苛烈《かれつ》なものであった。何ものにも代えがたい愛であったゆえに、何ものによっても癒やしがたい絶望であった。だから彼女には、その絶望の真っ暗な穴を埋めることのできる、もっと大きな愛が必要だった。そんな愛がなければもはや生きてゆけなかったのだ。

正木次郎 ──ゼロ度の痛み

辻口病院の入院患者の正木次郎《まさきじろう》が退院前日になって自殺するという事件が起きた。退院間際になって、何もかもつまらないという正木に、啓造は、病気は完全に治ったのだし、職場に戻れるし、これからじゃないかと言った。

「仕事って、先生何ですか。ぼくは六年もの間、そろばんをはじいたり、金を数えたりして働いてきました。しかしそんなことは機械にだってできる事じゃありませんか。ぼくはこのごろゆううつで仕方がないんです。こうして自分が二年間休んだって、銀行はちっとも困りませんでした。それればかりじゃなく、ぼくの休んでいる間に市内だけでも支店が二つもふえて繁盛しているんですからね。ぼくが休もうが休むまいが同じなんですよ。つまりぼくの存在価値はゼロなんです。そんな自分が職場に帰って何の喜びがあるものですか」

啓造はその時、ぜいたくな言い分だと思って、笑ってとり合わなかった。その正木が今日自殺したのである。

名あてのない遺書には「結局人間は死ぬものなのだ。正木次郎をどうしても必要だといってくれる世界はどこにもないのに、うろうろ生きていくのは恥辱だ」と書いてあった。

啓造の話を、陽子は幾度もうなずきながらきいていた。

（結局は、その人もかけがえのない存在になりたかったのだわ。もし、その人をだれかが真剣に愛してくれていたなら、その人は死んだろうか）

陽子はその人の死が、人ごとに思われなかった。

（「赤い花」）

正木次郎は「機械にだってできる仕事」を人間がする屈辱を語っている。何のアイデンティティもなく、間違いなく正しくやることだけが求められ、失敗したときだけ自分の名前が呼ばれ、自分が自分であることを自覚させられるという屈辱。結局は機械よりも劣った者として自覚させられるために働き、いつでも取り換え可能なものとして扱われ、ついには機械に負けて、仕事を奪われる屈辱。人類は産業革命以来そんな屈辱の中を通り続けてきた。

十九世紀のイギリスの思想家ラスキンやモリスは、このような労働の意味の変化、非人間化を敏感に察知して危機感を持って労働を人間のものに取り返そうとしたが、この『氷点』の時代、高度成長期に入った日本の北国の地方都市の銀行員正木次郎も、この労働の非人間化の波にさらわれて、生きる意味を喪失していた。人間であることの尊厳を守ろうとするならば、そのような屈辱を拒否すること、すなわち正木にとっては自殺することしか道はなかったのだ。勿論一人の人間の生活には銀行員という以外の面、夫や父や息子であったり、誰かの恋人であったり、草野球のエースであったり、町内会の世話役であったりと、何らかのアイデンティティを持つこともできたはずではある。しかし、彼自身の生活の中心、人生の中心が銀行員という仕事であった場合、その傷は癒やしがたく大きいものになる。それは堀田綾子自身が敗戦後の痛みの中であまりにもよく知っていることだった。存在価値のゼロ度とは、まさに心が凍りつく点＝氷点ということである。

かけがえのない存在になり得ずに死んだ正木次郎は、もう一人の堀田綾子であり、もう一人の陽子だった。彼は、人がかけがえのない存在になれないなら恥辱のうちに死ぬしかないこと、それゆえに、かけがえのないものとして愛される本物の愛、「お前が必要なんだ」と言ってくれる人格を求めずにはいられないことを証している。「正木次郎をどうしても必要だといってくれる世界はどこにもない」という言葉は、「だれもルリ子と遊んでくれない」というルリ子の最後の叫びと同じだ。

原罪の淋しさと愛を掻き集める性質

三浦綾子が言うように、「原罪」とは人間の中の、神の方を向かないで自分勝手に生きる性質のことであるとしたら、原罪の中にある人間の淋しさとは、本質的に〈人間が愛の源である神を離れてあること〉の淋しさであると言える。それは実感として愛がわからない淋しさ、〈愛されない淋しさ〉すなわち、愛されていることの確信のない淋しさ、別の言い方をすれば、生きていていいのだという確信が持てない淋しさである。

愛されなくても全く平気で、自分勝手に活動するだけで楽しく生きられるなら愛なんか要らないだろう。しかし、人間はそうはいかない存在なのだ。「氷点」とは凍る点だが、愛がなければ人の心は凍えるのだ。人はなぜ、激しく飢え渇き、悶え苦しむほどにも、愛されたいと思うのか？　生物学的説明を除けば、結局は、人が本来、愛されるべき存在として、愛されることによってしか生き得ないように造られているからとしか言いようがない。

＊

愛されているという確信がないために、生きていていいんだという確信がないので、人は何かによって自分の存在価値を確かめなければいられなくなる。それで人は、世の中にある価値観を借りようとする。世の中の価値観でよいとされるものを獲得しようとするのだ。

例えば勉強や仕事で成績を上げる。スポーツで活躍する。美人になろうとする。金持ちになろうとする。そして時代や状況によってはできるだけ多くの人を殺すことで、自分の存在価値を上げようとする場合だってある。

「ぼくは百点取ったよ。だから、ママぼくを愛してよ」
「ぼくはこんなに早く走れるよ。だから、パパぼくを愛してよ」
「私はこんなに美しくなったわ。だから、私を愛してよ」

人は美しさや能力、地位や財産や名誉だけでなく、善《よ》い行いや心の清さ、正しさなどによっても自己を価値付けできるという幻想を持つ。しかしそれらはどれも果てしなく続く苦しく空しい闘争になる。夏枝は美人であろうとし、啓造は人格者であろうとした。陽子が心の清さを保つこともそうだった。

人間が価値を置くもの、人間がよいと思うものを獲得しようとするのだが、しかしそれで本当に愛されるわけではないし、愛されているという確かな実感は与えられない。だから求めても求めても、集めても集めても、その愛の渇きと淋しさは埋めることができないのだ。そもそも、人間がよいと思うものなど、いくら多数によって支持されたとしても、それは「善悪を知る木」から取って食べたアダムの子たちの価値判断に過ぎない。自己中心から発生した価値に過ぎないのだから、確かなものであるはずがないのだ。

愛されることとかけがえのない唯一のものであることとの関係は本来不可逆的だ。愛されるから唯一になるのであって、唯一であるから愛されるのではない。しかし人は唯一な存在でありたいと願うのだ。唯一な存在であれば愛されるはずだと誤解するから。それで、人はナンバーワンであることによって唯一であろうという幻想に捕らえられる。なぜならナンバーワンは一人しかおらず、ナンバーワンの栄誉、人から騒がれ、ちやほやされることで、愛されていると自分に思い込ませることもできるから。

また人は社会の中でナンバーワンであろうとする道ではなく、自己に対して完璧《かんぺき》な者であろうとする方向に行くこともある。自己義と自己満足あるいは自己陶酔に自ら望んで陥る人、例えば陽子は自分の目に「正しい者」であろうとするのだが、その場合は、他との比較などではなく、ただ自分にとって完全であることが必要である。

しかし、人はこうしてたくさんのものを愛の代替物として掻き集めようとするのだが、やがてその渇きを癒やす前に、年をとって皺《しわ》ができ、美しくなくなってゆく。足腰が弱くなって走れなくなり、活躍できなくなり、倒産して地位も財産も失い、受験に失敗し、あるいは罪を犯してゆくのだ。

こうして人はいつも的外れの生き方をする。掻き集めるのではなくて、与える生き方の方が幸いだと神は言うのに、集める生き方をする。人間はどこまでもこの性質から抜け出せないのだ。確かに世の中には人に与えている人がいる。でも与えることで、与える生き方をしている自分を集める人もいる。これは慈善の偽善者だ。

そうして、へとへとに疲れ果てて、最後には絶望だけが残るのだ。もう愛されるはずのない自分、美しくもなく、有能でもなく、清くもない自分が鏡の中に映っているのを発見して絶望する日が来る前に、愛の代替物ではない、本物の愛を、人は見出さなければならない。そこはすべてに絶望した堀田綾子がニヒリズムに満ちた「伝道者の書」を読んで最後に立ち至ったところでもある。

それゆえにアイヌ墓地を訪れた陽子と啓造は「エンジュの木で造った墓標がつつましくひっそりと、並んでいるだけ」のアイヌ墓地の、財産も地位も名誉も持たずに自然へと帰ってゆく静けさと慎ましさに憧《あこが》れるのだ。飾らなければ愛されないし、多くを獲得して所有しなければ居場所を与えられないような世界とは違う、ありのままで抱かれる安らかさがここにはあると、啓造と陽子は共感している。

『嵐が丘』

陽子は時々さびしくなった。

(どんな事情があって、わたしの親は人手にわたしをやってしまったのだろう。わたしは親にとってさえ、かけがえのない大切な存在ではなかったのだろうか)

そう考えると、どんなに一生懸命に生きてみても、その自分を愛してくれる人はいないように思えた。若い陽子には自分の父母が死んでいるという想像ができない。どこかで父と母は生きているような気がする。しかしその手を離れたということは、どう考えても自分の存在が祝福されているようには思えない。

(この世で、わたしをかけがえのないものとして愛してくれる人がいるだろうか)

(「千島から松」)

夏枝には無論、愛されているとは思えず、啓造はやさしかったけれど、ぎこちない重苦しさがいつもあった。唯一かけがえのない者として愛してくれそうな兄徹は、燃える恋情を秘めているようで不安であった。暑い日曜の午後、陽子は林の中の木の株に腰かけて、読みかけの『嵐が丘』を読んでいた。

＊

『嵐が丘』。E・ブロンテのこの作品は人類が産んだ究極の恋愛小説と言ってもよい物語である。

十九世紀のはじめ、イギリスの片田舎ヒースの生える「嵐が丘」の旧家アーンショー家。

ある日商用に出た主人が連れ帰った孤児の少年ヒースクリッフとアーンショー家の娘キャサリンは互いをかけがえのないものとして愛し合いつつ成長してゆく。しかし、主人が死に、リントン家のエドガーの求婚をキャサリンが受け入れた日、ヒースクリッフは失踪。その後、裕福になって「嵐が丘」に戻ってきたヒースクリッフはエドガーの妹イザベラと結婚することで復讐劇を開始する。ヒースクリッフへの愛憎で錯乱のうちに死んでいったキャサリンの娘キャシーを囚《とら》えたヒースクリッフはアーンショー家を破滅させてゆくが、最後には陰鬱《いんうつ》な「嵐が丘」に明るい光がさし始めるようにキャシーはアーンショー家のヘアトンと愛し合い、ヒースクリッフはキャサリンへの消しがたい愛憎に疲れ果てるように死んでいく。

小説の主人公ヒースクリッフが捨て子であるということが、陽子の感情を刺激した。ヒースクリッフの暗い情熱が陽子にのりうつったような感じだった。陽子は息をつめるようにして読んでいった。捨て子だった主人公が、兄妹のようにして育ったキャザリンを愛し、キャザリンが人妻になっても執着し、遂には死んでしまったキャザリンの墓をあばき、キャザリンの幻影をいだきながら死んで行く激しさが、生みの親を知らない陽子には共感できた。

〈親に捨てられた子は、ヒースクリッフのように、両手をさしのべていつまでもいつまでも自分の愛するものを、〈ただひとつのもの、かけがえのないもの〉として追い求めずにはいられないんだわ。自分が親にとってさえ、かけがえのない者ではなかったという絶望が、こんなに激しく愛する者に執着するんだわ〉

読みながら陽子は、自分もまた、激しく人を愛したいと思っていた。そして愛されたいと思っていた。

（「千島から松」）

『氷点』では、陽子も北原もそして啓造も佐石も由香子も村井もあるいは辰子も、皆、親を早くに喪《うしな》ったり、あるいは係累のないもののように生きたりしている者たちだが、啓造に拾われた孤児的な存在という点では陽子、村井、由香子は人間への恋しさと淋しさに苛《さいな》まれるヒースクリッフによく似ている。そしてこの三人は、少なくとも表面上は平穏であった辻口家に嵐をもたらす存在にもなる。

北原邦雄の登場

中学の卒業式で夏枝に答辞をすり替えられた陽子はその場を見事に切り抜けて喝采《かっさい》を浴びるが、継母とはいえ母親にそれほどまでに憎まれているという事実を突きつけられた淋しさに、やがて肉親の愛ではない、人間のもう一つの愛を求めることになる。陽子が見本林で真剣に『嵐が丘』を読みながら、「（恋愛をするなら、わたしもこんなに激しく真剣な恋愛をしたいわ）」と思っていると、北原邦雄が現れ、そんな思いを見抜くかのように、陽子をじっとみつめていた。そして、北原も『嵐が丘』を二回読んだのだと言う。北原にとってもこの本は特別なものであったのだ。それは北原と陽子が同じもの、すなわち母の愛の代替としての異性愛を求める同族であることを物語っている。

こののち、見本林を共に歩きながら、陽子は北原に樹木の名前を教えてゆくが、その中に千島から松があった。

「そうですか！　これが千島から松……」

いうや否や、北原は堤防をかけおりて、千島から松の幹に手をふれた。陽子はおどろいて堤防の上から、北原をみた。輝いていた北原の顔が次第にかげって行くのを陽子はみた。陽子は堤防を降りて北原のそばに寄っていった。

「どうなさったの？」

（「千島から松」）

幹に手を触れるのは、いとしいものの声を聴こうとするしぐさである。人は声のないものの声を聴こうとするときに、そっと手を触れる。母の眠る千島の地に生えていたというその木に噴き出すようないとしさを感じ、思わず駆け寄ってしまう北原。見たくても見ることのできない、行きたくても触れたくても手の届かない母の土地から来た千島から松に、母に触れるように触れてみる北原。

このとき、北原の陰りに気づいた陽子もまた堤防を降りていく。「かげっていく」ものに対する止められないパッションに押されて陽子もまた、北原という木の幹に手を触れ、その痛んでいるらしい心の声を聴くために。傍に寄って、その痛む者に、「どうなさったの？」と聞く者が本質的な伴侶《はんりょ》になってゆくのだとしたら、そのとき陽子はもう北原を愛し始めているると言えるかもしれない。そして、そのような近寄る愛によって問われた者は、率直に自らを語り始める。

「ぼくはね。千島生まれで四つの年に千島から引き揚げたんですよ。母は千島にねむっています。だから、ぼくは毎年斜里岳《しゃりだけ》に登って、千島をみるんですよ。でも曇っていると千島は見えなくてね。高校一年の時なんか十日間毎日斜里岳に登りましたよ」

（「千島から松」）

戦争に母を奪われ、生まれ故郷を追われ、四歳で引き揚げてきた北原のなかで、見えたり見えなかったりする島のように、母の記憶はおぼろげで、母の愛はなおさらおぼろげだったのであろうか、母としては夏枝を喪った陽子には、母を喪った者同士として、この北原の痛みがわかる気がしたのである。

時代の圧倒的な暴力の下で人間にとって最も大事なものを奪われてしまった者が、愛を乞《こ》うて求め彷徨《さまよ》う者になるという点では、樺太《からふと》からの引き揚げ者松崎由香子も、傷を負って中支から帰ってきて妻に死なれた佐石土雄も、いわば北原の兄や姉であったと言える。しかし、北原は、母の眠る島を見るために十日間毎日斜里岳に登るような心を、今出逢ったばかりの陽子にそのまま見せる青年らしい率直さを持っていた。この見本林は辻口家の人物たちをはじめ、人々の心の深層が探られる場所なのだが、隠すことなく心の真実を見せる北原は、心を見せ合うことのできない病のなかにある辻口家のなかに入ってきた、ひとすじの風のような存在でもあった。

ゆるさない愛とゆるす愛

愛するとは、孤独がいたずらに救いの来るのを望み、傷の癒されるのを待っているのではなく、孤独の方が愛に向かって、愛を求めて迸《ほとばし》り出ていこうとする、そうした精神の一種の行為なのだと、福永武彦は『愛の試み』のなかで言っている。

しかし、そこにはエゴが、必ずといってよいほどしばしば入ってきて、愛を変質させようとする。もっと愛してほしい。かけがえのないものとして愛されているという、もっと確かな愛の証拠を獲得したいと思うのだ。

愛を確かめるには、相手が唯一のかけがえのないものを与えてくれなければならない。例えば洞爺丸の宣教師が救命具をくれたように、二つとない高価な物や自分のからだや人生の時間をその人に与え、一夫一婦制の国に於いては一つしかない配偶者の席を与えることが必要だ。しかし、もっと高価な贈り物があり、からだは他の人に与えることもでき、離婚もできるのであれば、それらは本当に確かな保証にはならないのだから、最後はその人が自分への愛のために死ぬ以外にはないだろう。それゆえ、真剣で貪欲《どんよく》な愛は命がけであることを要求する。不従順をゆるさず、裏切りには復讐しなければならない。しかし、人はそんな要求に完全に応えられるだけの愛を持っていないのだから、貪欲でゆるさない愛は早晩破滅することになるのだ。

＊

夏枝が陽子に留守番を言いつけて、北原と徹を連れて北原の浴衣《ゆかた》の生地を買いに出て行ったときの陽子が描かれている。

陽子は門によりかかって、くれのこる空をみあげていた。烏が林の上でさわいでいる。遠く西空に細い黄色い雲が見えた。それを誰かが清姫《きよひめ》の帯と呼んでいたのを思い出した。陽子はしばらく、清姫の帯と呼ばれる雲をながめていたが、家に入って風呂の火をたいた。だれもいない家の中で、火の燃える色をながめているのは、いかにも淋しく静かだった。

（「千島から松」）

自分を裏切って逃げた安珍《あんちん》を追いかけて、大蛇になって、ついには、血の涙を流しながら恋しい安珍を焼き殺してしまった清姫の物語。陽子は、北原を誤解してその不純さをゆるせなくなったとき、北原の手紙を全部焼いてしまうことになるのだが、ここで清姫の帯と火の燃える色を見つめる陽子のなかに、その〈ゆるさない愛〉はもう始まっている。あるいは『嵐が丘』に惹《ひ》かれたときからもう始まっていたのだ。

愛にはゆるす愛と、ゆるさない愛がある。唯一であることを求めすぎてゆるさない愛は、焼け死ぬに至る。

しかし、前川正は、堀田綾子に宛てた遺書のなかで、綾子を自分の人生での唯一の人であると告白しつつ、自分はあなたの唯一の人でありたいとは思わないと言っている。この前川正の愛はゆるす愛だ。その愛が堀田綾子を三浦光世と出会わせ、生かしてゆくことになるのだ。

唯一のものたらしめるもの

繰り返すようだが、愛されることとかけがえのない唯一のものであることとの関係は本来不可逆的だ。愛されるから唯一になるのであって、唯一であるから愛されるのではない。何十億もするゴッホの絵も最初は誰ひとり買い手がなかったが、誰かが、それから続いて多くの人がそれに価値を認めることによって、それは価値を持つに至ったのだ。つまり愛が、愛することが唯一性を創造するのだ。ならば、愛されることを待つことよりも愛することの方がクリエイティブだということは明瞭だ。三浦綾子はエッセイの中にこう書いている。

真の愛というものは、愛するにふさわしいものを愛するのではなく、だれからもかえりみられない価値なきものを愛することなのではないか。

（『愛すること信ずること』）

強制収容所体験を書いた『夜と霧』の著者で精神科医のフランクルのある本にこんな話が書かれていた。

あるとき、堕胎しようと考えている女性が医者の所に来て言ったという。

「ただの小さな細胞のかたまりじゃありませんか」

確かにそのとおりだ。しかし医者は彼女にちょっとした質問をした。

「もし赤ちゃんを産むとしたら、何という名前をつけますか」

長い沈黙があってのち、彼女は顔を上げて言ったという。

「ありがとうございました、先生。この子を産むことにします」

名前をつけ、名前を呼ぶことは唯一でかけがえのない者として認めて愛することだ。人格を創造し愛を創造するのだ。名前を考えたときに、彼女にはその子どもが唯一のものであることがわかったのだ。名前によって母は唯一の人格を持つ者としてその子を発見し、愛を回復し、子は生命を得た。

愛することができる存在として造られた人間には、愛するという責任が与えられている。愛とは感情と知性と意志との全部を尽くしてその相手の幸せを願い、そのために努力することだ。自分の人生に与えられた人に対して、最大の犠牲を払って責任をとろうとすることだ。そしてむしろそのときに自分が愛するその人が唯一で世界に二つとない、かけがえのない大事な存在だということに気づくのだ。そして、そのとき私たちの人生は豊かなものになる

「なくてならぬもの」は何だろう？

フランクルは人間の人生上の価値を三つに分けて考えている。

第一は、美味しいものや楽しいこと美しい芸術などよきものを享受する喜びとして得られる体験的な価値、第二は創造的なあるいは社会的な価値のある仕事を達成する喜びとして与えられる創造的な価値である。

そして、第三の価値は、人生から与えられる問いに対して誠実に答えようとするところに生まれる態度的価値（倫理的価値と言ってもよいだろうか）だ。

本来人間はひとりひとり比べようのない、唯一のものとして神に愛されて造られ、そして、私らしく生きるように瞬間ごとに期待されている。そのことを知ること。態度的価値はそこ

から創出される。

問題状況に投げ込まれたときに、人はしばしば、状況そのものだけを見て絶望落胆し、そのような状況に至った原因を作った人の責任を追及するような道を選ぶことが多いが、そうではなくて、その問題状況を通して自分に問われている問いを聴き、受け止め、その問いに対して答えてゆこうとする道も人にはある。そのときに人は、たぶん死ななくてよいし、死ねないはずなのだ。そして、人はそのときにこそ唯一の者、比類なき存在、私自身になってゆくことになる。

長野政雄はあのせっぱ詰まった問題状況の中で、その問いをまともに受け止めて、長野政雄になっていった。前川正は、自分の結核の病状がおもわしくない状況であったにもかかわらず、問いに答えて、一人の女を愛することを選んだし、三浦光世も、堀田綾子の病状を見て到底治るとも思えなかったにもかかわらず、「愛するか」という問いの声を聴いて「その愛をください」と祈り立ち上がった。かくして前川正は比類なき前川正になり、三浦光世は他にはいない三浦光世になっていった。

例えば妻が不倫をしたに違いないという状況で、その問題状況をひとつの問いとして受け止めて、そういう辛い状況であるにもかかわらず、自分の人生を愛し、妻を愛して、夫として人間として最も誠実な道を探り求めることもできた。できたはずなのだと、啓造は気づいていた。そしてそこにこそ本物の人生があると、あの洞爺丸で救命具を人に渡した宣教師を見た日から、気づいてはいたのだ。

このまま何かの病気で死ぬことがあれば、自分の一生は何と泥にまみれた一生だろうと啓造は思った。

(思いきって教会に行こうか。教会に行って、こんな愚かな醜い自分でも、なお真実に生きて行くことができるか牧師にきいてみようか)

啓造は聖書を閉じた。

(とにかく行ってみることだ)


(「階段」)


洞爺丸から投げ出されて暗い海のなか、激浪に翻弄されていたとき、人の死を見慣れていた自分が、死に対する何の備えも持っていなかったことを、啓造は痛感した。

「このまま死んだら、自分の一生は、どんなものだったか?」

「こんな愚かな醜い自分でも、なお真実に生きてゆくことができるか?」

このように人生の根本的な問いをすることが人間には必要だ。このような問いなしに人は自分の人生をリセットしたり、より高い方向に眼差しを向けて歩み直したりはできない。

夏枝の愛の裏切りをゆるさない啓造はもう一人の陽子でありもう一人のヒースクリッフだと言える。しかし自分でもその問題性に気づいているのだ。これでは、愛の裏切りに対して復讐するだけの人生ではないか? 裏切った妻の人生を台無しにしてやろうという恐ろしい計画を実行する、そしてそれで自分も不幸になってゆくだけの人生。そのみじめさと悲惨に気づいているのだ。だからこそ、にもかかわらず愛する偉大な人格であったあの宣教師、そしてその奥にあったものを、啓造は求めた。


「六条十丁目のキリスト教会へ」

そういうと啓造はほっとした。

車が緑橋通りを走り、市役所の角を曲がった。市役所の傍の高いポプラの裸木が夜空にくろく美しい。車がとまった。教会堂の前である。チケットを渡して車の外に出ると、啓造は教会堂を見あげた。十字架の下の明るく灯ったプラスチックの飾窓に、

「神はそのひとり子を賜わったほどに、この世を愛して下さった」

と、筆太に書いてあった。

＊

中年の夫婦らしい一組が啓造を追い越した。

「あなた、寒くない？」

「大丈夫だよ」

二人が教会の階段を、いたわり合うようにしてあがって行くのが見えた。それはほんの一瞬であったが、啓造は自分たち夫婦にはないあたたかいふんいきを二人に感じた。


（「階段」）

当時の旭川六条教会の旧会堂は外階段になっていた。その階段を、いたわり合うようにして上がっていく夫婦のモデルは三浦夫妻自身なのだろうか。この二人はなぜあたたかいのか？　啓造は問い、そして自分たち夫婦にはないそれをほしいと思うのだ。

啓造は説教の題名〈なくてはならぬもの〉に心をひかれた。教会の前に行くと、中から讃《さん》美歌《びか》がきこえてきた。自分の知らない讃美歌をきくと、啓造はやっぱり入りにくいような感じがした。啓造は自分の優柔不断さに情けなくなった。（略）
（なくてはならぬものとは何だろう？　おれにとって、なくてならぬものとは何だろう）
啓造は十字架を見あげた。

（「階段」）

洞爺丸の宣教師の中にあったはずのもの、「こんな愚かな醜い自分でも、なお真実に生きてゆくことができるか？」という問いへの答え、それがなければ人生を回復できないし、本当には生きてゆくこともできないもの。啓造にとっては、本当に愛することをもう一度可能にさせてくれるもの。ここにその答えが書かれている。それは、まさに「なくてはならぬものとは何だろう」と問うた啓造が見上げたもの、十字架である。そしてその十字架の下のプラスチックの飾窓には、その十字架の意味が「神はそのひとり子を賜わったほどに、この世を愛して下さった」と書かれている。

「なくてならぬもの」について、三浦綾子はこんなことを書いている（『あさっての風』所収「なくてならぬもの」）。

　人生で一番大事なのは、健康、金、地位、権力、美貌、よい結婚、よい仕事などではない。人生で一番大事なことは「人間が人間であること」であり、何もかも（例えば彼女にとっては夫光世の妻であることや作家であることを）失ったとしても「ああ、生きていてよかった」と言えることだ。そして、そのために、イエス・キリストの父なる神の愛を知ることと、イエス・キリストという大いなる人格に出逢って、人間としての人格を養うこと、それが「なくてならぬもの」であると、三浦綾子は語っている。

「わたしにとってお前こそ〈なくてならぬもの〉なのだ」というほどに愛してくれる愛こそ、私たちに〈なくてならぬもの〉である。それは「神はそのひとり子を賜わったほどに」あなたを愛してくださっているという、神の愛の証拠、〈にもかかわらず愛する愛〉の姿、すなわちキリストがあなたを罪から解き放ちいのちを与えるために十字架に死なれたことなのだと、三浦綾子は啓造に語りかけているのだ。この「神はそのひとり子を賜わったほどに、この世を愛して下さった」という「ヨハネの福音書」三章一六節の言葉は聖書のなかの聖書と言われるもので、「それは御子を信じる者がひとりも滅びないで、永遠の命を得るためである」と続くが、それは逆に読めば、「愛がなければ人は滅びる存在なのだ」ということだ。だから、塩狩峠で暴走する客車の前に、戦後自暴自棄になった堀田綾子に対して、水に呑《の》まれようとする洞爺丸の胃けいれんの女のところに、〈にもかかわらず愛する〉愛として「ひ

『塩狩峠』『道ありき』『氷点』の柱になっているものは、聖書の中核を語って揺るぎない。

とり子」は与えられた。永野信夫や前川正や宣教師として与えられた。三浦綾子の代表作

徹 7
――たったひとりの兄の愛と罪

辻口家のモデル藤田邸。
階段を上って左に徹の部屋がある。

妹を愛することの始まり

裕福な家庭に生まれ、人格者の父とやさしく美しい母、可愛い妹に囲まれて、健康な体と優秀な頭を持ち、何不自由なく育っていた少年、辻口徹《つじぐちとおる》。しかし人が、いつまでも、何の問題もない人生を歩むなどということはあり得ない。やがて徹は、妹ルリ子の死を経験し、もらわれてきたもう一人の妹陽子を通して両親のそれぞれの問題と、両親の間にある問題に気づき、更には陽子によって異性への愛を知り、そしてその愛を通して嫉妬の苦しみとそれを超える努力を知ることになる。すなわち、陽子は「風は全くな」かった徹の人生を揺り動かしてゆく存在だった。

「おかあさん」

鋭い徹の声に、夏枝はあわてて涙をふいた。茶の間にもどると徹は啓造をみおろすように食卓の前につっ立っていた。

「お母さん。陽子ちゃんはもらい子かい？」（略）

「だってさ。陽子ちゃんがこんなに暗くなっても帰ってこないのに、おとうさんは平気な顔でごはんを食べているじゃないか」（略）

「それからさ。おとうさんは、陽子ちゃんに優しくしたことがないじゃないか。おとうさんは陽子ちゃんをだいたことがないじゃないか。陽子ちゃんが……陽子ちゃんが、かわいそうだ」

徹は半分泣きだしそうな顔で啓造をにらんだ。

（「橋」）

徹にとって啓造は尊敬できる最高の父親であった。しかし、陽子に対する啓造の愛の冷たさを感じ始めたとき、父は決して単純に見上げるべき存在ではなく、不当に愛の欠如した者として把握され始める。そして、やがて母さえもが、父以上に陽子を愛さない者になったのを知ったとき、徹にとって陽子は一層守ってやらねばならない存在になってゆく。父母に対して義憤を懐《いだ》き、この妹を父母からさえも守ってやらねばならないと意識してゆく徹は、父母から独立して、自分一人で一人の存在を愛そうとするという形で、親離れしてゆく。

「かわいそうとは、惚《ほ》れたってことよ」という言葉が真実だとすれば、徹が、陽子の淋《さび》しさへの同情を懐き始めたときに、その愛は始まってしまったと言えるだろう。あるいは、「陽子ちゃんはぼくのお嫁さんだよ」と言った徹の頬に狼狽《ろうばい》した啓造が打ち下ろした手によって、それは密《ひそ》かに、しかし決定的に開かれていたのかも知れない。

徹は陽子を愛するという使命をやがてはっきりと意識して、作文にも書いている。六年生の徹が書いた「殺された妹」という作文は、「ぼくのきょうだいは妹が一人しかいない。だが本当は二人いるはずなのだ」と書きだされ、徹は、今までルリ子が殺されたことを考えるのがいやだったが、六年生になった今は、じっくり考えてみようと思うと書いている。そこに両親を愛の欠如した者にしてしまった何か恐ろしいものが潜んでいると無意識にも感じとっていたゆえに、少年は考えるのがいやだったのに、彼はその淵《ふち》を覗《のぞ》かなければならなくなるのだ。それは、徹が、「殺された妹は本当にかわいそうでたまらない。だから陽子を、ぼくは死んだ妹の分までかわいがるつもりだ。おわり。(「よそおい」)」と、決心しているからだ。

清潔であること

人はその思春期に、より高い生き方を目指すことを覚えるゆえに、どのような形でか、父母への幻滅を一度は通らねばならないものなのかも知れない。その「立派」な表面の底に、実は不潔なものが潜んでいるという大人の世界の二重構造に気づき始めた青年は、それを汚らわしいものに思う。徹にとってはまさに理想的な父母であった啓造と夏枝。自分の父母がそのような裏のある人間だなんて思いもしなかった徹にとって、父母の間に秘められていた衝撃的な事実は、青天の霹靂《へきれき》であった。

「なぐられても、殺されてもいいうんだ! ぼくはね。ぼくはおとうさんや、おかあさんがどのだれよりも立派な人でいてほしかった。いや、立派でなくてもいい。清潔な人であってほしかった。」　　　　　　　　　　　　　　　　（「淵」）

青年はここで「立派」という価値と「清潔」という価値を対立させて考え始めている。表面の言動の正しさよりも、その内側の「清潔」さにこそ人間の価値があると考え、より深い倫理性、あるいは宗教性への希求を青年は始める。

では、「清潔」とはどういうことか。「清潔」とは無菌と同義ではない。納豆室《むろ》や醸造桶《おけ》には大量の菌がいてもふさわしい種類の菌であれば、それは「清潔」だ。ただそこに他の菌がないこと、つまり「分けられている」ことが重要なのだ。ある場所や領域、関係の中に相応しくないものを入らせないこと。大事なものと大事でないものを区別し、その上で大事なものを大事にし、大事でないものとは決別すること。それが「清潔」ということである。外面はきれいに仕立てておいて、その実、最も大事なところを、最も穢《けが》れた醜く残忍な欲望や怨《うら》みの心に明け渡している不潔さ。徹の目には啓造も夏枝もそのような人間に見えた。

夫婦の間の愛の約束の「清潔」が冒され、秩序が乱れるとき、子どもにとって父母の関係が世界の最も重要な基本軸であるゆえに、子どもは自分を支えていられなくなる。そのとき、子どもは安心して帰ることのできる家を失うことになるのだ。『続泥流地帯』で耕作が言う、「人間はな、景色でも友だちでも、懐しいものを持っていなければならん。懐しさで一杯のものを持っていると、人間はそう簡単には堕落しないものなんだ」という言葉の逆のことが起きるのだ。陽子の出生の秘密が暴露される日は、言わば陽子が故郷を喪失する日でもある。

「この家で育って、大きくなった陽子が、万一知ったらどうなるというの？　陽子はこの家にいられないんだよ。生きていることもできないかも知れないんだ」

（「淵」）

この家をふるさととして育ち、そこに根を下ろして成長したいのちが、根っこから引き抜かれて、居場所を全く失い「生きていることもできない」ほどの危険な漂流に出ていかねばならなくなることが、啓造と夏枝には分かっていなかった。その悲劇を予見するのは徹だけだった。彼だけが陽子を愛する唯一の家族だったのだ。

身勝手という不幸の種

「おとうさんは身勝手だ。……大人なんて勝手だ。おとうさん。どんなにかわいがられても陽子は、どこの家で育つより、この家で育つ方が一番不幸なんだ。何の権利があって陽子を不幸にするの。ぼくだって、こんな不幸の種のまかれている家なんか、ごめんだよ。何だ、こんな家！」

（「淵」）

徹は、未登場の陽子の実母三井恵子《みついけいこ》を除けば、陽子の立場でものを考える最初の人となった。

陽子の幸不幸に思いをめぐらす者が、今までこの家には一人もいなかったのだ。その恐るべき事実、ずーっとひとりぼっちで生きてきた陽子に気づいた徹。それゆえ、徹は激して「何だ、こんな家！」と、叫ばずにいられなかった。ここに、「家とは何か」という烈しい問いがある。不幸の種ではなく、幸せの種のまかれるべき場所。そしてその幸せの種を育てる場所が家庭ではないのか？　しかし、辻口家はその家の主人によって「不幸の種のまかれている家」だったのだ。

聖書に「思い違いをしてはいけません。神は侮られるような方ではありません。人は種を蒔《ま》けば、その刈り取りもすることになります」（「ガラテヤ人への手紙」六章七節）とあるように、やがてこの家は刈り取りをすることになる。

不幸の種とは何か？　それは「身勝手」つまりは自己中心だ。しかも「大人」の身勝手という種が蒔かれると、淋しさという冷え冷えとした水を吸って不幸が育ち、ついに死が実る。しかしそれは人間の家庭という家庭がほとんど例外なく負っている恐ろしい現実で、「お父さんは身勝手だ」と子どもに非難されたら、私も「本当にそのとおりでございます」と言うしかない。「身勝手」の根にあるのは何か？　それは先ほどの聖書にあるように、神への侮りだ。自分自身に対する思い違いと、神に対する思い違い。徹はそれを指摘する。

「わかってなんかいないんだ。おとうさんはわかってなんかいないよ。おとうさんだって悪いんだ。お母さんに復讐したければしてもいいよ。だけど、そのために一人の人間の運命を不幸にするなんて、そんな、人間を大切にしない考え方にぼくは腹が立つんだ」

（「淵」）

啓造と夏枝の間では、陽子は娘である以前に、敵意であり、裁きの道具であり、凶器であり、罪の証拠でもあった。そのような機能を持つ存在として彼女は親たちに把握されていたのだ。人間として見られずに育つ不幸。陽子がこの家で育つ不幸とはそういうことだ。敵の中で、敵として、忌まわしいものとして見られていた陽子。

人間のおそらくはすべての不幸の根源にあるのは、この〈人間を人間として見ないこと〉であろう。その点では辻口家に養女にされた陽子とタコ部屋に売られた佐石は同じなのである。そして、罪とは「身勝手」のゆえに「人間を大事にしない」態度のことなのだ。これは『銃口』に至るまで三浦綾子がさまざまな角度から書き続けてゆく、社会的側面から見た人間の罪である。

神に対してはそのこころと言葉を無視して背を向けること、自分については愛することを自らやめること、対他的（社会的）には、人間を人間として、いのちをいのちとして見て尊ぶことをやめること、それが罪である。

　真剣に愛し始めて、徹の目は開かれていった。陽子という一人の人間の人生を、幸せになるべきものとして、全体として見る視点を徹はここで持ち始めている。「おとうさんはわかってなんかいない」と彼は叫んでいるが、まさにそれは愛さない啓造には決して持ち得ない視点だった。人々がどのような蔑《さげす》みと敵意の目でその人を見ても、神はそのようには見ない。別の眼差しで見てくださる。徹の視点はそれを示唆《しさ》してもいるだろう。

兄であることをやめる罪

「陽子は、おれとだけは結婚できないのだ」と考えた徹は、自分が陽子と結婚できないならば、北原に託そうと自分に納得させようとするのだが、それは無理矢理のものだった。それゆえ、陽子が北原と親しくなることを願いながらも、陽子が徹に内緒で北原との交際を深めていくと嫉妬し、北原が妹と写っている写真を説明なしに送ってきたり、北原が病気で入院したとき見舞いに訪れる娘がたくさんいると証言したりするなど、遠隔的に攪乱《かくらん》させる攻撃を加えている。

　徹には強い所有管理欲があった。陽子のことは何でも知っておきたいし、自分の手と目の届くところに置いておきたい。そして、自分が結婚できないならば自分の紹介した者と結婚させたいという、子どもを手放せない親のようなエゴを持っていた。徹は兄であり、親であり、恋人であることを願ったのだ。

層雲峡《そううんきょう》に二人で行ったときに、陽子が、自分がもらわれ子であることを小学生のときから知っていたことを知るに及んで、徹は陽子にプロポーズしてもよいと考えるようになる。なぜならすでに長い間陽子は徹を他人として意識していたはずだから。この突破口を見つけてしまった徹は、兄であるということの重さを見失っていってしまい、血のつながりでは他人とわかっていてもなお、兄と妹であろうとし続けねばならなかった陽子の心を思いはかることができなくなってしまう。

「陽子。何でも困ることがあったら、ぼくにいうんだよ。」陽子にはこの徹の言葉がうれしかったが、このような兄らしい愛に満ちた言葉の中にも、よく見ると、「何でも」すべて言え、「ぼく」だけに言え、という心が覗《のぞ》いている。だから徹はとうとう、こうも言わずにおられなくなる。

「陽子、僕は陽子ときょうだいで育たなければよかったと思っているんだ。北原がうらやましいよ」

「いけないわ、おにいさん。そんなこといっては」

陽子はドイツトーヒの幹に手をかけた。体がゆらゆらとゆれるような思いであった。

（「堤防」）

陽子をこの家で支えていた唯一のものが失われるとき、彼女は立っていられないほどに揺らぐことになる。いつまでもおにいさんでいてほしいのに、兄は「今日から、ぼくを兄だと思わないでくれないか」と訴えた。妹は抵抗して言わねばならなくなる。「陽子はいつまでも辻口の家にいたいと思ったのに、おにいさんにそんなことをいわれたら、いるにもいられないじゃないの」

徹はこうして陽子から唯一安心して頼れる存在である兄を奪い、家から追い出すことも辞さないという姿勢で追いつめてゆく。だから、この陽子の淋しさは、夏枝に追い出されたルリ子の淋しさに似てゆく。夏枝が母であることを捨てて女であることを選んだとき、ルリ子が家にいることができなくなって外で殺されることになったように、徹が兄であることをやめて男であることを選ぶとき、陽子もまた家にいることができなくなるのだ。人がその愛の責任性よりも主我性に負けてゆくときに、その愛されるべきだった相手は淋しくなり、場合によっては死ななければならなくなる。

恋する者は、やがて求める相手を追いかけ、追いつめる猟師のように変貌《へんぼう》してゆく。

「しかしね、陽子。陽子は北原とは結婚できないんだよ」

（「堤防」）

こうして夏枝に先駆けて、思わず秘密をばらしそうになる徹の心もまた、夏枝と同じように嫉妬に駆られた心であった。徹はなぜ「陽子は北原と結婚できない」と考えるのか？　誰かが陽子の出生の秘密を暴露したときに北原がそれにたじろぐと推測するからだ。そしてその狂暴な切り札が使われたあとで、瀕死《ひんし》の重傷を負った陽子を抱きかかえられるのは自分しかいないという自惚《うぬぼ》れが、徹にはある。最終的には愛する者を殺してでも他の男の手には渡すものかという恐ろしく主我的な愛が徹の中にもあることが、こうして顕《あら》わにされてゆくのだ。

この徹を思うとき、命の短さのゆえに自分が結婚できないならば、綾子をふさわしい他の人に託そうと考え、更には彼女の人生から自分を消し去ろうとしていた前川正の人間離れした高貴さを思わずにいられない。神の中には計り知れない計画があるということへの信頼と謙遜《けんそん》のない者に、それはできないのだ。

愛されない淋しさを知る徹

一九六三（昭和三十八）年の暮れ、徹は、冬休みにバイトをして貯《た》めたお金で陽子のためにオパールの指輪を買い、クリスマス・イブに旭川《あさひかわ》に帰ってきた。しかし指輪を出そうとしたちょうどそのとき訪れた北原を迎える陽子を見た徹は、彼女が待っていたのは自分ではなかったのだと思い知らされ、書き置きをして出ていく。北原との関係は終わったものと思い込み、夏休みに「兄としてでなく、異性として考えてくれないか」と言ったことが何らかの形で陽子の中で成長していると期待していただけに、徹の落胆は大きかった。

〈急に雪のない正月をしてみたくなりました。茅ケ崎《ちさき》のおじいさんのところに行きます。よい正月を迎えてください。　　　徹〉

あて名はなかった。陽子は胸がしめつけられるような思いがした。先ほどの、徹の淋しい表情を陽子は思いうかべた。

北原に徹のいないことを告げようとして、陽子はやめた。帰ってきたばかりで急に茅ヶ崎に発って行かずにはいられなかった徹の淋しさを、だれにもかくしてやりたいような気がした。

（「ピアノ」）

手紙に「あて名のない」のは、「赤い花」の章で退院前日に自殺した正木次郎の遺書と同じだ。自分を、自分が期待するほどに大切なものとして受け入れてくれる存在を見出《みいだ》せないときに、人は宛て名を書くことができないのだろう。物語の冒頭で、ルリ子は「センセきらい！　おかあちゃまもきらい！　だれもルリ子と遊んでくれない」と叫んで部屋から出ていくが、「センセきらい！」「おかあちゃまもきらい！」が村井や夏枝に対する言葉であるのに対し、「だれもルリ子と遊んでくれない」は、「あて名のない」言葉になっている。そのとき、「あて名のない」言葉は、〈誰か〉を渇き求める叫びでもあるのだ。

自殺前日の正木次郎は啓造に「ぼくの存在価値はゼロなんです」と語っているが、この存在価値の「ゼロ」度こそ「氷点」なのだ。恋人としては「ゼロ」度であることを突きつけられた徹は、このとき凍える。そして凍えるとき、人はいつも「胸をつかれるような」淋しい表情をして出ていくのだ。

陽子は、異性としての愛を要求する徹を迎えることはできなかった。しかし、妹としては、兄の淋しさを痛いほどにわかってしまうから、その傷を「かくしてやりたい」と思うのだ。ましてや、徹が陽子を妹としてではなく愛していることにすでに気づいている北原に、徹の淋しさを知らせてしまうのは、あまりに残酷だと思ったのだ。

徹が出ていったことを知った夏枝には、徹が陽子に追い出されてその淋しさのゆえに遠い旅に出たように思われた。夏枝は、徹を追い出した陽子に復讐《ふくしゅう》するように、陽子の秘密を暴露してしまう。夏枝がそれを決心したとき、「それは茅ヶ崎に旅立った徹のためにすることだと思うと、そうしたところで悪いとは思えなかった」とある。実は、夏枝にとっては「白いセーターの腕をかるくだくようにして、夏枝を見た」陽子のポーズへの生理的なレベルにまでなった嫌悪感《けんおかん》や、陽子の美しさへの嫉妬、北原から受けた屈辱の方が更に大きな動力ではあったのだが、子どものための復讐という口実は、彼女の背中を最後に押すものになったのだ。人が残酷なことをするときには、決まってこのような自己を義とする理屈があるものだ。

ルリ子を追い出した夏枝に復讐する啓造が、実は自分の中の嫉妬のために陽子をもらってきたように、『氷点』には、啓造と夏枝が〈子どもの淋しさのための復讐〉と見えて、実は〈自分の淋しさのための復讐〉である行動をとることによって大きく物語が転回してゆくという構造がある。

淋しさが〈野ざらし〉になることは危険だ。不幸なことにルリ子と佐石の淋しさは〈野ざらし〉だった。でも幸いなことに徹は陽子にも夏枝にも愛されていた。そして、徹が行った茅ヶ崎にはすぐれた祖父がいた。茅ヶ崎の祖父は、かつて啓造に「汝《なんじ》の敵を愛せよ」が人間にとって最も難しい命題であると語った教師だった。自分を愛してくれなかった妹と、何ものにも代え難い存在を奪った親友をゆるせるか？　彼らへの愛をどのように回復することができるのか？　徹が抱えていた課題は、この茅ヶ崎の教師のもとで思索し答えを見出さなければならないものであった。

徹の愛の成長

『塩狩峠』で愛する永野信夫がレールに飛び込んで死んだとき、ふじ子は家の屋根に大きな石の落ちるような音を聞いているが、徹は茅ヶ崎からの帰途、ゆっくりするつもりで札幌の寮に泊まっていたが、陽子が遺書を書いていた夜、「虫の知らせ」が彼を一晩不安にし、一刻も早く家に帰りたいという思いにさせた。本質的な絆《きずな》を持つ二つの魂の間ではそのようなことがあることを、三浦綾子は前川正が亡くなった日の体験からもよく知っていたのだ。

この朝、日の丸の旗の出ている家があって、徹は「今日は成人の日だと気づく」が、この日一九六四年一月十五日は、生きていればルリ子が成人式を迎える筈《はず》の日だった。三歳のルリ子の〈愛されない淋しさ〉は十七年を経てルリ子の身代わりである陽子の中で、より寒々とした〈愛され得ない淋しさ〉となって、彼女を殺そうとしていた。ルリ子の淋しさの淵の更に深い底で、孤独なひとつの魂となった陽子は兄を呼んでいた。

今、陽子がお会いしたい人は、お兄さんです。
陽子が、一番誰をおしたいしているか、今やっとわかりました。
（「遺書」）

陽子が書いた徹宛ての遺書は短いが親しさとやさしさに満ちている。十数年間に徹が見てきたもの、徹が受け止めてきたもの、徹が耐えてきたもの、そして、徹が与えてくれたもの。へりくだった陽子の心の目にそれがはっきりと見えてきたのだ。妹を殺した犯人の子と知っていて、にもかかわらず愛してくれた徹の愛が、尊いものとして見えてきたのだ。しかしそれは、恋しているのではなく、男性として愛しているのでもなく、「おしたい」する気持ちであった。この陽子にとって慕わしいもの、それは自己の存在をそのままで受け入れ、かけがえのないものとして愛してくれる肉親的な愛の温もりであった。

自分の出生を知っていて、なおやさしかった徹を思うと、陽子はほんとうに会いたかった。

（『ねむり』）

しかし、雪深いドイツトーヒの林で陽子が思ったのは、昨夏追いかけっこをしたときの徹の淋しさだった。あのとき自分は北原を愛していたのだと思うと、徹の淋しさが今の陽子には切ないほどよくわかった。それは陽子が今〈愛され得ない淋しさ〉を痛切に知ったからだった。

〈愛されない淋しさ〉に耐えながら、にもかかわらず愛してくれた徹、辻口家では愛されるはずのない自分を、にもかかわらず愛してくれた徹。その徹の魂を陽子は呼んでいた。

そして、その声を感受したかのように徹の胸は騒いだ。誰にでも胸騒ぎがあるわけではない。そのとき陽子と同じ家にいた啓造にも夏枝にもそれはなかった。呼ばれなければ受け取れないのは当然だが、それだけでなく、受け取る側にもまた資格があり、受け取り得る者にしかそれは感受し得ないのだ。

この成人の日は、比喩《ひゆ》的には徹の成人の日でもあった。ルリ子と陽子が経験した〈愛されない淋しさ〉を徹は自分でも経験しながら、この日一歩その淋しさを超えて大人になって帰ってきていたのだ。

陽子が北原を愛して、それが幸福ならば、その幸福が永遠のものになるように、せいいっぱいの努力をしてやろうと、この旅で徹は思うようになっていた。

自分でなければ、陽子をしあわせにすることはできないと思いこんでいたことを徹は恥じていた。

（「ねむり」）

遠くに離れてみて、今まで陽子がどれほどかわいそうな運命の下に生きてきたかということを痛切に理解した徹は、自分の淋しさを癒《い》やすことよりも、陽子を淋しさから救うことと、陽子が幸せになることを願うようになった。それは性愛の主我性を超えた愛の姿だった。ここに、自分こそ、独占的にその人を幸せにするという形で支配したいという欲求から解放され清められた愛がある。それはいわば〈離れて〉あることによって可能になった愛。迫る心ではなく、心を聴く心であった。

陽子の魂の声を感受した徹はまっすぐに陽子の所に帰ってきた。そしてこの家で、徹はまず、消えたようになったストーブの火を搔《か》き立てるが、これは象徴的である。この冷え切った家で凍えて死のうとしている魂を、温め直すことのできる愛を持った者、自立した愛を持った者、そのように徹は成長して帰ってきたのだ。そしてこの徹が陽子の魂である遺書を発見する。陽子は主我的な愛を超え得た徹によってのみ発見され、救われ得るのだ。

徹は、茅ヶ崎の祖父について「一年一年若くなるように見える」と言っている。それは「汝の敵を愛せよ」の前に砕かれることを知っているこの祖父が、別のいのちに生きているからであろう。この教師のもとで〈淋しさ〉というものに真剣に向き合って砕かれ、思索したゆえに徹は大人になれたのだ。それは幸いなことに、陽子が出生の秘密を突きつけられて淋しさに凍える日に数日先んじていた。そのゆえに兄は妹を見つけるために帰ってくることができた。徹は真に陽子の兄である者として戻ってきたのだ。この茅ヶ崎の祖父のモデルは伝記小説『夕あり朝あり』の主人公、闘病時代の無名の堀田綾子を旭川に訪ね励まして以来、娘のように綾子を可愛がった五十嵐健治である。

8 夏枝
――美という偶像

旭川市神楽岡の上川神社。
この夏祭りの日に物語は始まる。

ある日、家内が言った。

「美人ってだめよね、ちやほやされるのに慣れてるから、いつまでも中身は子ども」

なかなか手厳しいなあ、嫉妬かな？　と思いながら、私は調子を合わせた。

「男も、そうだよね。イケメンはちやほやされるから、へりくだることを知らないよね」

「その点、あなたは、ほんとにへりくだってるわよね」

感覚だけの女の残酷

『氷点』の物語は昭和二十一年七月二十一日、夏枝と村井が応接室に一緒にいる場面から始まるのだが、二人の関係は、五か月前、ストーブの灰を捨てるときに、灰が夏枝の目に入って、眼科医である村井に見てもらったときから始まっていた。

灰が目に入ったこと自体に罪はないが、五か月前の二月、夏枝が手術台に乗り、目だけであったにしても自分のからだを一旦ゆだねてしまったとき、不意にエロスの愛は村井のなかで始まってしまう。村井にとって夏枝は、手の届くはずのない魅力的な存在であり、それが自分の手術台に乗っているという状況は、彼にとってこの上もなく刺激的だった。

夏枝の角膜に突き刺さっていた炭塵《たんじん》は微細な物だったが、小さくても、黒くて、痛みを与えるそれは罪の比喩であり、刺さったままにしておいてはならないものだ。しかし、村井に目の治療を受けて後、「眼帯をかけて片目になった夏枝は、遠近が定まらなかった」とあるように、彼女は人間関係のあるべき遠近がわからなくなる。大事にすべき人間関係と、距離を保たなければならない関係との区別がつかなくなるのだ。

村井は、食い入るように夏枝をみつめた。その真剣な目のいろに、夏枝はたじろいだ。同時に、胸の中にキュッと押しこんで来る、ふしぎに快い感情があった。（略）

「奥さんは、子供なんて産んでほしくなかった」

村井の慕情の激しさに、夏枝は感動した。

（「敵」）

「村井のたたきつけるような激しい語調に、長い沈黙が破られると、夏枝はかるいめまいをおぼえ」た。夏枝は、夫との関係の中では味わえない、キュッと押しこんでくる強く激しい感覚を求めて楽しんでいる。その激しいものに責められてめまいを覚えたいという恍惚《こうこつ》への欲望。ここにはもうすでに濃厚なエロスへの欲求に身をゆだねて、本質的には姦淫《かんいん》を犯してしまっている夏枝がいる。

感覚の悦楽を追う人間の危うさと冷酷さがここに始まる。

夫啓造に対してだけでなく、追い出した娘ルリ子に対してだけでなく、この村井に対しても彼女は自己中心でしかない。彼女にとって相手は村井でなくてもよく、平穏に過ぎてゆく夫との夫婦生活にはない強い刺激を与えてくれるなら、誰でもよかったのだ。村井を唯一の人格的存在として相手にしているわけではないのだから、これは禁断の恋ですらない。

夏枝を支配しているのは貪欲に掻《か》き集める性質である。夫との平穏な幸せも、若い愛人とのめまいのするような濃厚な時間も、子どもとの情愛も、人間的な情愛の世界のあらゆる快楽を全部自分のものにしたいという、限りない欲望だ。

理性的で倫理的な啓造と対照的に、夏枝はこのように抑制されることのない、倫理化されない自然的な存在なのだが、しかし他方では、自分はやさしい夫といういつでも逃げ込める安全な砦《とりで》を持っていて、お遊びの狩猟に出てきているような、計算高さも持っているのだ。

性愛のなかの人格的な交わりの部分を捨てて、感覚的な悦楽の追求しかしなくなるとき、性愛は凌辱《りょうじょく》でしかなくなるが、性のなかにあるそのような狡《ずる》くて残酷で狂暴な性質を夏枝はよく表している。たとえ村井の方から求めてきたのであるにせよ、一人の人生の運命というものに対する思いやりがあるならば、決して軽はずみに異性に手を出すようなことはできないはずだ。冷酷だから恋愛遊戯をすることができるし、そして悪いことにはその残酷さにも気づかない稚《おさな》さのうちに彼女はあった。

だから、村井は言うのだ。「奥さん、あなたは残酷な方だ」

母であることをやめる罪

言い寄る村井を拒みながらも、夏枝はその甘美な罪の誘惑にもう少しで負けそうになるのを楽しんでいた。そのとき、三歳の娘ルリ子が応接室に入ってくる。

「おかあちゃま、どうしたの？」

三歳のルリ子にも、大人二人の様子にただならぬものを感じとったらしく、いっぱいに見ひらいた目で村井をにらんだ。

「おかあちゃまをいじめたら、おとうちゃまにいってやるから！」

ルリ子はそういって小さな手をひろげて、母をかばうように夏枝のそばにかけよった。

村井と夏枝は思わず顔を見合わせた。

「そうじゃないのよ、ルリ子ちゃん。おかあちゃまはね、先生と大切なお話があるのよ。おりこうだから、外で遊んでいらっしゃいね」

夏枝は小腰をかがめ、ルリ子の両手を握って軽く振った。

「イヤよ。ルリ子、村井センセきらい！」

ルリ子は村井を真っすぐに見上げた。子供らしい無遠慮な凝視だった。村井は思わず顔をあからめて夏枝を見た。（略）

夏枝は村井よりもいっそう顔をあからめてルリ子の頭をなでた。

もし村井の愛を拒むなら、今ルリ子をひざに抱きあげるべきだと夏枝は思った。しかしそれができなかった。

（「敵」）

ルリ子は異変を察知して「どうしたの？」と問う存在なのだ。母親はこの問いによって目を覚ますべきだった。またルリ子は村井をにらみ、まっすぐに見上げて凝視する眼差《まなざ》しだった。この眼差しに男は心を打たれるべきだった。しかし「思わず顔を見合わせ」るとき、そこに互いの間で承諾された偽りが始まり、「先生と大切なお話があるのよ」という言葉によって、彼らは共犯者になってしまうのだ。だから無遠慮で澄んだ眼差しによって偽る心を凝視されたとき、彼らは「顔を赤らめ」るしかできなかった。

ルリ子は「小さな手をひろげて、母をかばうように夏枝のそばにかけよる」存在であった。罪から、悪魔の誘惑から守ろうとしている小さな天使のようだ。そのとき確かに夏枝は「もし村井の愛を拒むなら、今ルリ子をひざに抱きあげるべきだ」と示されていたのだ。

しかし、にもかかわらずここで、母は、母であることをやめた。母という仕事を放棄して、女であることを選んだ。そして最後の砦であったルリ子を膝《ひざ》に抱え上げるという習慣を捨ててルリ子を外に追い出すことを選ぶのだ。ここに悲劇の始まりがある。取るべき道をわかっていながら、それができない弱さ、罪に傾く自己を制御できない、感覚の悦楽だけを追求して止まれない、みじめな人間の性質によって、ルリ子追放は行われてしまったのだ。

三浦綾子は『氷点』の自作解説の中でこんなことを書いている。

何十億の人に、かけがえのない存在だと言ってもらわなくてもいいのだ。それはたった一人からでいい。「あなたは、わたしにとって、なくてはならない存在なのだ」と言われたら、もうそれだけで喜んで生きていけるのではないだろうか。

（「小説『氷点』に触れつつ」）

最後までこの「たった一人」であり続けること、どのような状況になっても愛し信頼し続け、最後まで味方であり続けること、それが母の最終的な使命であろう。しかし、ルリ子はこの母に追い出されたゆえに死ぬのだ。

「創世記」の原罪の物語はアダムの妻エバが、取って食べてはならないと言われている木の実を取って食べたことに発するのだが、この物語で作家は啓造の妻夏枝が不倫の罪の誘惑に負けてゆく物語をそこに重ねて描いている。目の前の果実はいかにも美しく美味に見える。そして、誘惑する蛇としての村井は「奥さんは、子供なんて産んでほしくなかった」と言うが、それはまさに母である使命を捨てろという誘惑だった。

予感する女

遠くで祭りの五段雷が鳴った。昭和二十一年七月二十一日、夏祭りのひる下りである。

この「夏祭り」は旭川市神楽岡にある上川神社の夏祭りだ。上川神社はかつて離宮建設計画もあった旧御料地《ごりょうち》の一角にあり、その祭りは日本の精神風土の奥に残存する土俗的な古層を感じさせる。こういった夏祭りは古来、日常性の枠組みの外に設定された、性的禁忌からの解放を含んだカオス的な時間であり、夏枝と村井が二人きりで応接室にいる緊迫した場面の背景として、その人物たちの深層に起きてくる蠢《うごめ》きや轟《とどろ》きに対応している。夏枝はからだに響く「祭りの五段雷」の轟きに突き動かされ、性的禁忌を破る方へと押されつつある自分を半ば楽しんでいたのだが、それは、肉体的な悦楽そのものではなく、禁忌を冒す〈予感〉、日常的秩序の崩壊の〈予感〉をも楽しんでいるのだ。古来一般的に女性は男性よりも、自然や社会の深層に眠っているもの、潜んでいるものへの直感的な感受力が強く、感応しやすい性質を持っているが、この日夏枝はこのような深層からの響きを鋭敏に感受する状態になっていたのだ。

しかし、ルリ子が行方不明になってから状況は一変し、夏枝は祭りが持っている隠されたもう一つの面である死や暴虐の匂いを予感的に感受するようになる。

そのやわらかい土の上を歩くと不安が足もとからのぼってくるようであった。窪地《くぼち》に入ると夏枝は何かにつまずいた。みると烏の死骸《しがい》だった。烏の羽がその周辺に散乱していた。いやな予感がした。

（「誘拐」）

そこは十七年後の冬、陽子が死ぬために堤防を越えて降りてゆき、雪の上に散らばった烏《からす》の死骸を見ることになる場所であるが、夏枝はそこで足元からの不安といやな予感を感じている。

夏枝は六年前、層雲峡への新婚旅行の帰途この家に立ち寄った激しい風の夜、林の樹々が「口のあるもののようにわめ」き、林が「ごうごうと土の底から何かがわき返るような恐ろしい音を立て」るのを聞いて不吉な予感に襲われたのを思い出す。下書き原稿では、『氷点』の舞台は冒頭からしばらくは札幌で、夏枝は旭川を思い出しては「あの見本林のそばの家に」帰りたくないと思っているのだが、ルリ子がいなくなった今、そのときのいやな予感が当たったような気がして、ピアノ線が切れたのも、不吉の前兆ではないかと怯《おび》えた。

啓造は「夏枝と村井がルリ子を殺したに等しいのだ」というように事件を責任問題として捉えるが、そのような知性や倫理性の勝った男とは違って、夏枝は、不幸をそのような形では意識化しない。夏枝は、例えば〈不吉〉なるものへの〈怯え〉という形で、本来客観的には関連性のないはずのものを因果律的に関連させて、事件の裏に意味を感じ取ろうとする。これは占いと同じ心理なのだが、自己の持ついかなる力も及ばない領域があることへの恐れと共に、しかしその一方で不幸を引き起こすに足るだけのものが自己の中に潜んでいるのではないかと彼女は感じているのだ。自己の深層にあるものが事件のレベルの深層に潜んでいるものに感応して、不幸な事件を引き起こしてしまうというシステムを夏枝は考える。そういう点では〈罪の力の大きさ〉を啓造以上に計り知れないものとして感じているのだ。彼女はそのシステムを例えば「天罰」と呼ぶ。

天罰てきめんという言葉を夏枝は身にしみて感じた。夫以外の男に心を寄せたその途端に、速やかに天罰は下ったのだ。天罰でなくて何だろう。

（「台風」）

「台風」の章では、夏枝は啓造を裏切ろうと決心して旅行に同行することをやめるのだが、そのとき啓造は嵐の海で生死の境を彷徨《さまよ》うことになる。

洞爺丸《とうやまる》台風の夜、うなり声をあげる林の方から家を揺さぶり侵入してこようとする何かを感じて夏枝は怯える。それは死の領域からの訪問者であり、罪を問うてくるものでもあった。夏枝はルリ子が死んだときのことを思い出し、自分の罪への罰として今度は夫が死ぬのではないかという予感に襲われたのだ。

しかし、彼女は罰という災難を恐れるだけで、自分の罪と向き合うことはない。村井との関係を指摘され啓造に責められても、「わたくし、犯人の娘を育てさせられるほど、悪いことはしませんわ」としか言わない夏枝は、他者の言葉を深く聴くということはないのだ。言葉を深く聴くという態度のない者に罪は分からない。砕かれることを知らないしぶとい自己中心性と、少しでも出口があれば逃れようとする蛇のような狡さを、エバであるこの女は持っている。

啓造が部屋にはいってきたのにも気づかぬのか、夏枝はじっと林の方をながめている。（略）タオルのねまきを着た夏枝の肩から不意に白い蝶《ちょう》が舞いたった。（略）蝶は二、三度とまどうように部屋のなかを往き来していたが、部屋をよこぎって明るい庭にでていった。

（「ルリ子の死」）

誘惑を楽しんでいた〈女〉から、子どもを殺されて〈母〉である我に帰ってきた夏枝にとって、見本林は、白い蝶の姿をした幼い魂がそこに入っていく死の領域であった。精神に変調をきたし、座敷で林の奥の方を向いて坐《すわ》っている夏枝は、ルリ子をその林の闇へと自ら追いやったという悔恨のなかで、愛する子を飲み込んでしまったその闇をぼんやりと、しかしじっと凝視し続けている。そこで夏枝は、性と死と狂気と自然、そして運命や罰への予感などと、理性的にではなく感覚的に向き合い、怯えつつも、これらの不可知の深層世界への入り口に近いところにいて、その深さと蠢きを感受してしまう女性という性を生きていたと言えるだろう。

しかし、感受する者はそれに捕らえられる者でもある。ついに、この家で最も忌《い》まわしいパンドラの箱、死の箱を開けて、物語最大の〈不吉〉を成就させてしまうのも夏枝であった。秘密の箱のふたに手をかけて、女は言った。

「いっても、いいのね、あなたの秘密を」

（「とびら」）

美の力と誘惑

「女がその木を見ると、それは食べるによく、目には美しく、賢くなるには好ましいと思われた」

（「創世記」三章六節）

美は時に人生に至福と思われる喜びを与えてくれる。芸術や自然の美に触れるときに、人は美が生を高みに引き揚げてくれる感覚を覚える。恋愛のうちにある美の性質もそうだろう。しかし、その甘美さに執着してゆくときに夏枝はルリ子を追い出してしまうという過ちを犯すのだ。夏枝は美に生きる女だった。女性としての美しさがアイデンティティであった。人はアイデンティティの上にしばしばプライドを城郭として持っていて、しかし、その実その城郭のゆえにむしろしばしばアイデンティティは危機に瀕《ひん》してゆくのだが、それはたぶん強大な恩寵《おんちょう》なしには決して捨てることのできないものなのだ。本当に愛される体験だけがその鎧《よろい》を脱がせ、城を壊すことができる。そうしたら楽になるのだが。

同情的に見れば、夏枝は夫だけを愛していたのかも知れないのだが、夫は夫で人格者というプライドの城郭の中に生きている人だった。だから夏枝は淋しかった。村井の中の一途なもの、すなわち城郭の外に噴き出てくる情に惹《ひ》かれたのではないか。

しかし洞爺から結核の療養を終えて帰って来る村井を、下着も新品にして駅に迎えに行った夏枝は、その憔悴《しょうすい》した姿にがっかりする。あとで、夏枝はこう心に思う。「でも、あの時の村井さんは、きたなかったのだもの。仕方ないわ」。夏枝は醜いものを生理的に嫌悪し、美しいものは無条件で愛した。美しく生まれついた夏枝には、自分自身が偶像であったのだ。

夏枝は鏡の前に座ることが好きだった。鏡の中の自分に見ほれることは、快かった。そこには自賛があった。しかし鏡にうつる自分に見ほれることからは、人への愛は生まれなかった。鏡は見えるものしかうつさなかった。心をうつすことはできなかった。

（「歩調」）

夏枝は他者を愛するということのない女だった。他者を持たない人間だった。彼女にとって人は自分の美しさを映す鏡に過ぎなかった。その鏡に映る自分を愛するだけなのであって、鏡を愛するわけではないのだ。

だから夫との間の愛を育てていこうとするような心の努力などしないし、感覚的に美しいもの、高いものを求めはするが、快不快の感覚の世界だけが重要で、見えないもの、もっと精神的に高いものを求めることも知らなければ、性愛のなかの主我性を超克《ちょうこく》してゆこうとする心の努力などあるはずがなかった。

負けられない悲劇

夏枝が陽子を虐待してゆくのは、決して「継子」だからではなく、夫に対する妻としてのプライドによる復讐であった。夫が自分の城郭を犯してきている。今まで尊重されていた自分がないがしろにされるのみか、侮蔑と憎しみにさらされている。容貌の美しさを基盤にして夫を屈服させてきたはずなのに、その自分の力が夫という男性に対して及ばなくなっている。かつては大きかったはずの愛や、美への拝跪《はいき》よりも、憎しみの方が夫の中で上回っている。その証拠が「佐石の子」である陽子だった。だから陽子は目の前にいるだけで夏枝のプライドを傷つける存在だった。

そしてやがて、その娘が美しく成長するにつれ、今度は陽子の美しさによって、夏枝のプライドは直接に攻撃され始める。美は力であることをよく知っていた夏枝にとって、自分を上回る美を持つ者が目の前にいることは目障《めざわ》りである以上に脅威であった。白雪姫の継母と同じなのだ。夏枝にとって「すべての異性は夏枝の美しさを讃美《さんび》し、夏枝の意を迎えようとするものでなければならない」のだ。母親の中に娘に対する嫉妬があるのは世の常のことなのかも知れないが、幸か不幸か陽子は美しすぎた。だからこそ夏枝はまず、陽子に惹かれている北原を征服することによってプライドを回復したいと思うのだ。息子と同じ年齢の北原が相手であっても、それが醜態以外の何ものでもないとしても、夏枝は北原に女としての美しさを認めさせなければならなかった。陽子に勝って、彼女自身のアイデンティティを守るために。しかし北原は母を知らないだけに、母という存在に対して特別な思いがあった。北原は母であることを自ら汚し壊すような夏枝の誘惑の言動に我慢がならなかった。

この賭けに負けたことで、夏枝は窮地に追い込まれる。窮地に追い込まれた自分勝手な人間は決まって「どうして私だけが苦しまなければならないの」と開き直って禁じ手を使うのだ。嫉妬に苦しんだ啓造が計略をもって妻に苦しみを与えようとしたのと同じ重力の論理だ。「陽子も苦しむべきだわ」と夏枝は考えるが、自分の苦しみは人を苦しめる正当な理由になるのだ。夫が送り込んだ敵意に対する憎しみ、陽子の美しさに対する嫉妬、北原から受けた屈辱は、徹という城壁が不在となったとき、ついに凄《すさ》まじく狂暴な火を噴くことになった。「ルリ子を殺した犯人の子」という、夫が妻に対して用意した研ぎ澄まされた凶器を、ついに母が娘に対して意識して使うことになるのだ。

夏枝、母に戻る

陽子が佐石の子ではなかったという真相を知らされたとき、憎まれ続けた陽子も憎み続けた自分もあわれに思われた夏枝は、泣きながら陽子にしがみついて「ゆるして」と叫んだ。それが夏枝のわずかな悔い改めでもあった。

夏枝は基本的に犠牲をはらうということを知らない人間だが、唯一彼女が献身的に生きていたのは、陽子を七歳まで育てていた時期だった。陽子が病気のときには寝ないで看病した夏枝は、母という愛の使命の道を懸命に歩んでいた。ところが、ある日読んでしまった、陽子の秘密を記した啓造の書きかけの手紙は、悪霊のように彼女にとり憑《つ》いて、彼女をその日から母ではない者に、悪魔のような者にしてしまう。しかし、陽子が自殺をはかって昏睡《こんすい》を続け、出生をめぐる事実が明らかにされるとき、あの啓造の手紙を読んだ日以来彼女にとり憑いていた悪霊は落ちて、夏枝は母であることに戻ってゆくのだ。

自分だけを愛する人は本当にはまだ生き始めていないのではないだろうか。誰かを、自分を投げ出すようにして愛することをしなければ、人生は始まっていない。美しさという偶像に囚《とら》われていた夏枝は、母という愛の使命を与えられて、それは大変素晴らしいプレゼントだったのに、自分の罪と夫の罪のゆえに、それを何度も失ってしまった不幸な女であった。

麗しさはいつわり。美しさはむなしい。しかし主を恐れる女はほめたたえられる。

（箴言《しんげん》三一章三〇節）

9 村井靖夫と松崎由香子

――ねじれた愛の行方

喫茶店ちろる。
結核の癒えた村井はここで夏枝と再会する。

啓造への憧れと嫉妬

村井靖夫は、高木雄二郎の親戚で、啓造の病院に雇われている眼科医であったが、村井の内実は、この設定の中にすでに半ば決定されていると言える。高木は、津川教授の娘夏枝を啓造と争って負けた男だった。村井はその高木の「親戚」らしい、夏枝への思いと啓造への嫉妬とを持っていた。

村井は経歴不明で、家族もなく、それゆえ担うべき重荷もない代わりに、根も持たない人間である。使命もなく、青年らしい社会化され得る夢もなく、ただ、ゆるされることのない暗い恋の熱情に生きるだけの男であった。

陽子はもらわれ子であるがゆえに『嵐が丘』に惹かれたが、啓造に拾われたもうひとりのヒースクリッフ、それが村井靖夫だった。松崎由香子も樺太《からふと》からの引き揚げ者で肉親に恵まれず、やはり啓造に〈拾われた子〉なのだが、そのような境遇の近さゆえに、由香子の中の淋しさの闇を啓造以上に解《わか》りすぎる心を持ってしまったことが、村井を悪魔のようにならせた悲劇の原因のひとつでもあった。

＊

ハンサムで天才的な腕を持った眼科医、村井靖夫。彼はしかし自分の存在価値を自分で見出すことのできない人間だった。

人は誰も自分で自分の存在価値を創り出すことはできないが、誰かを愛することや、誰かに愛されることや、あるいは夢や大切な使命の達成への努力などによって、それは見出されるべきものでもある。しかし人生のしっかりとした地盤や根というものを持たない村井は、自分の人生を自分で建ててゆくことができない。
そのような人間は、ヒースクリッフがそうであったように、自分を拾ってくれた人の人生に根の降ろし場を借りようとし、あるいはその人が人生の中で獲得してきたものを横取りする者になることがある。花咲か爺《じい》さんの隣の爺さんのようなものだ。村井にとって、ポチや臼《うす》を持っている隣人、それが啓造だった。
村井にとって夏枝は最初、「関心を持つことすら憚《はばか》られるような犯しがたい」存在だったが、夏枝の目に炭塵が刺さったことで「彼の患者」となったときに、不意に手の届きそうなものになってしまう。

村井は視線を夏枝の上にもどした。男にしては美しすぎる黒い瞳であった。その目が、時々どうかすると虚無的に暗くかげることがあった。その暗いかげりに夏枝はひかれるものを感じた。

（「敵」）

村井の虚無的なかげりの中にあるのは、自分自身への絶望だ。自分自身の中に人生を支え生かすことのできるよきもの、いのちあるものが見出せないのだ。そして、それゆえの激しい愛への飢渇《きかつ》、本物のいのちへの渇仰《かつごう》に責められるのだが、しかし村井はそれを誤った形でしか求めることができなかった。

夏枝の方には、村井に対する執着はなかった。男から熱い賞賛の視線を求めていただけの夏枝にとって、恋の遊びのお相手は、美しい男であれば誰でもよかったのだ。

しかし、村井にとって夏枝は、美人なら誰でもよいというような対象ではなかった。村井が、夏枝のように誰でもよい異性に愛されることによって自己価値を見出せる男であったら問題は簡単だったのかも知れないが、彼が求めたのは、院長辻口啓造の妻だった。本来手の届くはずのない院長の妻である夏枝の心を獲得することで、啓造のものを奪うことだった。だから、いかに美しくても夏枝が啓造の妻でなかったら、あるいは夏枝と啓造の間に愛がないことが明瞭にわかっていたら、村井は夏枝を求めなかっただろう。

彼の根本にあるのは啓造への尊敬と憧《あこが》れと嫉妬だった。だから、村井は彼に近づこうとする多くの女がいても、自分のものにしようとしたのは、夏枝と松崎由香子だけだった。啓造を神のように慕う由香子を犯すことは、村井の啓造に対する複雑なコンプレックスの代償行動でもあったのだ。

夏枝は勿論、誰ひとり村井を本当の愛で愛する者がいなかったこと、それが村井の人生の最大の悲劇だった。ただ松崎由香子だけが、村井を拒み責め、あるいは嫌うという形で、本当の愛とは言えないかも知れないけれど、少なくとも他の者にはない激しく切実な愛の姿を彼に突きつけたのだ。

人間不信

縁談があるときに、釣り書きの写真を見たりプロフィールを読んだりするのは、基本的に人間というものに対する信頼という基盤があった上でのことで、そうでなければ、個別的で詳細な情報などは何の意味もないものだ。例えば釣り書きを見たら、昆虫の写真が貼ってあって、その生まれ育ちや血統のことが書いてある。「父はキンカメムシ、母はゴマダラカミキリ、旭川市神楽の忠別川の岸の葉っぱの上で生まれ、すくすくと育ちました。特技は飛ぶことで、趣味は」などと書いてあっても、お話にならない。昆虫なんか、という思いがはじめからあれば、見ても仕方がないのだ。村井靖夫には人間そのものへの不信感があった。「人間なんかどうせ」という思いがあった。

「写真なんか見たって、その女性の何がわかりますかね。会って見たって、わかりゃしませんよ。三か月や半年ぐらいつきあったって、お互いにごまかせますからね。いいとこばかり見せ合うようですからね。（略）結婚してみなきゃわからない。いや、結婚して何十年たったってわからない。人間ってそんなところがあるんじゃないですか」（略）

（「雪虫」）

高木がもて余したように、啓造をみた。啓造は、思いがけなく村井の傷口にふれたような気がした。

この場面では、縁談を試験紙として、人間そのものに傷ついた村井が検出されている。人間は皆、思いがけないものを潜めていて、信じるに足る確かなものではないという人間観だ。人間への不信は、関係性への不信を生み、愛への不信を生む。たぶん自分自身のなかの淋しさしか信じられない、そしてそこから燃え出る暗い情念以外には本当のものなんかないのだ。戦後の堀田綾子の婚約にも同じような深い人間不信の傷があった。だから結婚相手なんか誰でもよかった彼女は、いとも簡単に結婚の約束をしたのだ。

村井の結婚観を「人間をバカにした話だ」と高木は言った。そのような考えで結婚するということは、「人間をバカにし」ていることだと高木は気づいていた。しかし、「高木さんの世話なら結婚する」と言った村井の結婚は洞爺丸事件から九か月後の一九五五年六月と決まった。

結婚相手の咲子は写真も見ないという村井に誤って男らしさを感じたのかも知れない。釣り書きをちまちまと細かくチェックするような男よりも、何もかも受け入れてくれる抱擁力《ほうようりょく》、あるいはどんなものでも自分に与えられる存在を愛するという決意があることを期待したのだろうか。しかしそれは全くの誤算だった。

村井の結婚のしかたは、結婚に対する何の決意も見せていなかった。結婚披露宴の時も、村井は祝辞を受けながら白いカーネーションを、ひざの上でくるくると回しつづけていた。仲人の啓造は村井の隣にいて、何かやりきれないような村井の心を感じていた。

（「行くえ」）

結婚はなにがしかの賭けであるにしても、そこには愛することへの決心だけは必要である。決心というもののない、人間不信の上に建てられた結婚、それはまさに「希望のない結婚」と呼ばれるべきものでしかない。

三浦綾子はこの「行くえ」という章で、花を巧みに使っている。カーネーションの花言葉は「情熱」だが、これは村井を表している。医者として才能豊かで、世の栄誉を受けながらも、自分のなかの情熱だけは拒否される男。しかしその悲運に抗《あらが》って誠実に生きることも、真正直に情熱を伝えることもできない男の、いじけて投げやりになった心。そして、そのゆえに罪を重ねてゆくことへのぼんやりとした、しかしじわじわと骨を蝕《むしば》んでゆくような絶望感と罪責感と、そんな自分を自分では止められない弱さへのやりきれなさ。そんな心の姿がぐるぐる回るカーネーションには現れている。

ライラック　兄妹愛

結婚後に、酔って辻口家にやってきた村井は、松崎由香子の失踪について啓造を責めながら、それまでの経緯を告白している。

啓造の幸福を思う松崎由香子は村井に奥さんから手を引けと言ったが、村井はそれを逆手に取って、院長のためにはいのちも要らないと言うのなら、その代わりに君のからだをくれ、そうすれば諦めるからと言って、由香子を自由にしていた。

「松崎は激しくぼくを憎んでいました。それだけに、院長に対してはこの世のものではないような、憧れと愛を持っているようでした。わたしが洞爺から帰ると知って、非常に不安だったようです。よほど、病院から逃げ出したかったらしいんですが、院長の顔を一日に一度でも見ることが唯一の楽しみで、由香子はやめることができなかったそうですが。

洞爺から帰って、ぼくはまた松崎をだいぶ追いかけましたよ。しかしあいつも歳《とし》が歳ですから、大人になっていつもうまく逃げられましたよ。ぼくの結婚をきくと喜びましてね。祝いを持ってきましたよ。この結婚を一番喜んでいるのは、わたしだなんていいましてね。それから、ライラックを沢山活けてくれました。そうそう、奥さんがお祝いを持ってきて下さったあの日でした。院長の子供がほしい。院長の子供を産みたい。それだけがねがいだなんていいましてね。だけど、院長に面と向ってはとてもいえないから、電話をかけた。すると院長は、ばかなことをいうなと、ガチャンと電話を切った。どんなにけいべつされたかわからないと思うと、死んでしまいたい。そんなことをいいながら、ライラックを床の間に活けていました。ぼくは、そんな話をする由香子に、次第に心が乱れて、とうとうふたたび過ちを犯してしまったのです」（略）

「松崎は必死になって抵抗しましたがね。しかし、以前の馴《な》れが二人にはありましたからね。由香子は、もう院長にも会えない……そういって帰りました。翌日、病院に出て、多分机の中もきれいに片づけたのでしょう。それっきり、休んだまま帰ってこないんです」

村井は話し終ると、ぼんやり遠くをみる目になった。

「松崎君と結婚すればよかったのになあ」

つぶやくように啓造がいった。

「院長！」

村井は啓造をにらんだ。

「院長はいまの話をきいて、よくそんなことがいえますね。実はぼくも一度はいった。二べもなく、いやだといわれましたよ。院長は、若い女が思いきって電話をかけたのに、よくもまあガチャリと電話を切ったもんですね。あの子は死にましたよ。院長のように木のまたから生まれたような男なんて男じゃない。あの子の気持ちがどうしてわかってやれなかったんだろう。ぼくも加害者だが、院長はもっとひどい。いや、おれの方がわるいかな。とにかく、由香子はもう帰ってきませんよ。死にましたよ。あいつはそんなバカな女なんだ」

村井は、ふらりと立上って、つぶやいた。

「今までにわたしを嫌った女は由香子だけだった」

（「行くえ」）

結婚式の十日前、夏枝は結婚祝いを持って村井の家を訪ね、下駄箱《げたばこ》と床の間に豊かに活けられた紫のライラックの花を見た。村井の家には床の間に掛け軸もなく、壁にも柱にも何もなかった。それは、信じる言葉というようなものを持たない村井の心の奥の空洞《くうどう》を表している。そのニヒルの空洞に、由香子はライラックを豊かに活けた。しかしその日、その由香子を村井は犯したのだ。

ライラックの花言葉は「愛の芽生え」だ。由香子は、まずは、村井が院長の奥さんを諦めて結婚する気になったことを喜んだのだろう。だから、十日後に結婚するという村井に「本当の愛が芽生えますように」という単純な祈りもあったのではないか。村井の妻となった女の「咲子」という名前も、そういう文脈に置くと効いてくる。

しかし、また古来西欧ではライラックは部屋に持ち込んではいけない花で、婚約者に贈ると婚約の破棄を意味するものでもあったようだ。だから、ライラックの切り花は、表面上では村井の結婚を祝福しながらも、その実、婚約の破棄を勧める由香子の心であるかも知れない。由香子が村井を好きだということではない。自己中心的な、自分勝手な暴走的なものであっても、またそれが成就不可能と分かっているものであっても、真剣にその人だけを追って愛し続ける生き方を、なぜあなたはしないのか？　なぜそれを捨てて、愛も情熱もない結婚などするのか？　それは、そのような問いかけではなかったのか？

紫のライラックをたくさん活けた由香子を犯した村井は、由香子が失踪したと分かったとき、彼女は死んだに違いないと思った。由香子を踏みにじった足の裏に、彼は由香子の痛みだけは感じたのだろうか。ニヒルな人間には、真剣すぎるものを凌辱《りょうじょく》したい欲望、真剣なものに憧れながらも苛立《いらだ》つ心が起きてくる。由香子のように、不可能と分かっている恋愛に身を捧《ささ》げる愚かで純粋な魂への嫉妬と、それを傷つけたことへの罪責感、あるいは、でもそんな純な魂を自分のものにしたいような思い。村井が一度は由香子に結婚を申しこんだことの中には、そんな複雑な心があったのではないか。

由香子が失踪したとき、村井は三日続けて由香子を捜しに事務室に行っているが、この言わば手遅れの状況のなかで、やっと村井は由香子の中にあるものを本気で欲していたのだろうか。それゆえ、夏枝が村井を訪れたライラックの日に、すでに村井は由香子のことに心を奪われて、あれほどこがれていたはずの夏枝に対しては無関心にさえなっていたのだ。

＊

村井は啓造を責めた。しかしそれは、実は、彼自身が由香子に対する罪責感と同情心と喪失感に責められていたからだ。真剣だった情熱を結局は鼻にもかけてもらえなかった由香子の気持ちを分け持つ者として、そしてその屈辱によってよりも、なおもその情熱を全うしようとするために死んでいったと思われる由香子に押されて、村井は激しく啓造に迫ったのだ。

啓造に対する「なぜわかってやらないのか？」という問いは、それまで隠してきた村井自身の声である。「由香子や俺がなぜ死ななければならないか、わからないのか？　不可能でも求めずにはいられない者の心の淋しさがなぜ分からないのか？」という叫びでもあるのだ。

最後に村井が投げ出した「今までわたしを嫌った女は由香子だけだった」という台詞《せりふ》は夏

枝には痛い言葉だっただろう。私を嫌った由香子は唯一正しい目で人間としての私を見て評価した人間だった。由香子に比べればお前は本当の愛もなく上辺しか見ないその他大勢の尻の軽い女たちと同じだという蔑みに聞こえたに違いない。こう言った村井は松崎由香子によって、傷だらけの、しかし一つの成長をしているとも言える。

松崎由香子　ぶつかってゆく淋しさ

自分では意識していないのだが、松崎由香子には、同性にでも年とった事務長にでも、寄りかからんばかりに寄り添って歩く癖があったと書かれている。啓造はそれを「先天的な娼《しょう》婦《ふ》ではなかろうかと思う」こともあったが、「化粧をしない素顔の由香子はいつも石鹸《せっけん》で洗いたてたような清潔感があった」とも証言されている。石鹸で洗いたてたような由香子の素顔は、誘惑するために化粧をするのとは全く逆の、そのままの裸の心で生きてしまう性質、女でも男でも関係ない、人間に寄り添いたい心、寄りかからずにいられない、人の肌を自分の肌でそのまま感じたいような、彼女の淋しさを表している。

ある朝、バスに乗り遅れて歩きだした啓造に近寄ってきた由香子は、蹄鉄《ていてつ》屋の前でまばたきもせずに、じっと火を眺めて、啓造に問うた。

「炎ってなぜ美しいんでしょう?」
「先生、炎ってなぜきれいなんですか」
「次の瞬間すぐに亡びるということは、あんなにも美しいものなんですか」

（「ゆらぎ」）

由香子は炎について繰り返し問う。炎は暖かいもの、熱いものでもあるが、彼女はそれを美しいもの、はかないものとして捉え、その美しさの理由を啓造に、そして自分自身にも問うている。それは自分の心の中の炎についての、その意味についての問いであろう。由香子は自分では半ばしか気づかずにその心を啓造にぶつけようとしているのだ。火災予防ポスターの標語みたいだが、小さな火でも何もかも燃やしてしまう恋の情熱の炎の危険と分けがたく交じり合ってしまった、しかし真剣な愛の求めと問いかけがそこには始まっていた。だから問おうとした「炎」とは恋心でもあり、由香子のいのちそのものでもあったのだ。しかし幸か不幸か朴念仁《ぼくねんじん》の清さを持つ啓造はそれに答えてはくれなかった。

引き揚げ者

三浦綾子は『氷点』において周辺人物の履歴を大事に書いている。佐石土雄の履歴が詳細に書かれていたのはすでに見たが、松崎由香子もかなりの配慮を持って書かれている。『氷点』は普遍的な人間の罪や家庭における愛憎を描いた小説でもあるが、他方で三浦綾子自身も体験した〈戦後〉を描いた文学であるという側面も持っている。夏枝にも啓造にも辰子にもその影はあるのだが、少し下の世代である松崎由香子や、次世代になる北原邦雄を、作家は外地からの引き揚げ者として設定している。

由香子は樺太からの引き揚げ者で、両親はおそらく樺太で死んでいる。『続　氷点』には、稚内《わっかない》の丘の上で、昭和二十年八月樺太の真岡《まおか》で自決した電話交換手の九人の乙女の碑を見た啓造が、その中に「松崎みどり」の名を見出して、由香子に関わりのある者かも知れないと思う場面が描かれている。実際にはその真偽は明らかにされないものの、由香子が『天北原野』の終盤に描かれるような地獄を通ってきたことは充分想像されるだろう。『氷点』を書いた時点で三浦綾子がそこまで具体的に想定していたとは言えないかも知れないが、そうであっても、作家は由香子を突き放して書いてはいない。樺太での戦争によって深く傷つけられた者の魂の暗闇を思い痛みつつ書いていると思う。だから、三浦綾子は『続　氷点』でも由香子を描き続け、その目を見えなくしたり、啓造に再会させたり、辰子に養わせたりしながら、彼女を救いへと導こうとしているように思われるのだ。

引き揚げ者。それは捨てられた傷を持つ者、あるいは確かなはずの愛を強奪された者と言ってよいかも知れない。満州や樺太、千島などの外地にいた民間人は、国に捨てられ、軍隊に捨てられ、財産や肉親を奪われた。故郷や家族という根を奪われた者は漂流する魂になる。

しかし『海嶺《かいれい》』の漂流民岩吉が産みの親に捨てられ祖国に捨てられてはじめて、〈決して捨てぬ者〉に出会い始めてゆくように、由香子も、おそらくは漂流するような淋しさの中で、啓造に出会っていったのだ。

由香子は、辻口病院にはじめて勤務する日、事務長に連れられて院長室にあいさつに行った。父母に早く死に別れたことを話した由香子に、啓造はやさしくうなずいて「苦労してきたね、かわいそうに」と言って、その場で給料を三割上げてやるように事務長に命じた。事務長が不服そうに他とのつりあいもあるからと言うと、「片親でも親がいれば、少なくとも住居は心配ない。この人は住むところから、食べることまで心配しなければならない。住居手当か何かの名目で給料をふやしてやりなさい」と言った。

この啓造のやさしさに、私は三浦綾子自身を見るような気がする。

「苦労してきたね、かわいそうに」これは同時代を生きた三浦綾子自身の言葉のようだ。そんな言葉の一つでも、苛酷な苦難を通ってきた淋しい者にとっては、固く閉じていた心を解かされ、励まされ、生かされる温かさだ。傾いた洞爺丸の中で、救命具の紐《ひも》が切れたと泣く女に、宣教師が「ソレハコマリマシタネ、ワタシノヲアゲマス」と言っているが、「苦労してきたね、かわいそうに」と言う啓造もそのような〈駆け寄る〉心を持っている。それゆえ更に、特別に給料までも上げてくれた啓造に、由香子はそれまで経験したことのない「この世のものではないような」慈しみの愛を見たのだ。戦争と引き揚げ体験という苛酷な波の中でまさに「この世のものではないような」恐ろしい虚無感の闇に足を食いつかれそうになった魂が、やっと見出した光だったのだろう。だから、由香子の淋しさの同族の兄である村井は証言している。

「兄と二人ぐらしの、身よりのない樺太からの引揚者だったあの子には、それがひどく身に沁《し》みたらしいんですよ。そのことをぼくに話した時も涙をこぼしていましたからね」(略)

「松崎は、激しくぼくを憎んでいました。それだけに、院長に対してはこの世のものではないような、憧れと愛を持っているようでした。」

(「行くえ」)

子どもを産みたい

村井の結婚が約一か月後と決まった一九五五(昭和三十)年五月十日ごろ、由香子は、啓造に電話して「もし奥さんが出られたら、結婚しよう、院長さんが出られたら、一生独身で暮らそうと、そうカケをして……」と言っている。そして啓造が電話に出たことを喜び、「院長さんのことを思って一生独身で通してもいいと、神さまがゆるしてくださったような気がしてうれしいんです」と言った。

この日の由香子は現実的な判断力を半ば失《な》くしている。軽薄で独善的でありながら、しかしせっぱつまって真剣でもあった由香子。人がギャンブルでなく賭けをする心の背景には、迷いのなかで決断する必要性、そして何かにすがりたい心がある。実の兄が結婚し、〈もう一人の兄〉でもある村井が結婚を決め、半ば親代わりでもあった事務長には、院長室の前をうろつくお前はおかしいから早く結婚してしまえと言われた由香子は、追い詰められたような気持ちになっていたに違いない。

結婚しようとする村井の心は、由香子には手にとるように分かった。どちらの道を選んでも幸せなどありえない分かれ道を前にした諦めと投げやりさ。そんな村井と同じ心に半ば引《ひ》き摺《ず》られて「カケ」(あるいは占いというべきか)をしてしまう面と、しかしまたそれに反発する心が由香子にはあった。

村井はその分かれ道で、社会的には何の非難されるところもなく、しかし愛もなく希望もない結婚をする道を選んだのだが、それとは逆に、由香子は非社会的ではあっても啓造を思って一生独身で通す道を選び、それを彼女は自分で喜ぶのだ。

啓造以外の誰にも自分の心と人生とを明け渡さないという決心。それは内側に閉じこもってゆく純粋でエゴイスティックな恋愛への献身であるから、社会的には認められるはずもなく、現実的な何の可能性もない、自分を葬るような選択なのだが、それでも由香子は啓造を愛する自分を守ったのだ。

由香子は電話の向こうの啓造に「わたし、おねがいです。院長先生の子どもを産みたいんです」と言った。

狼狽《ろうばい》した啓造は「ばかな！」と言って思わず受話器をおいてしまう。啓造の子どもを産みたいという由香子は、啓造の肉体を欲し、性的行為を現実的に考えて要求しているわけではない。啓造を守るために村井に対して防波堤になろうとしてからださえ犠牲にした由香子であるからこそ、むしろその願うところは肉体的に性的なものではなかったであろう。

啓造というその人格のいのちをこの身に頂き、失われてはならない尊いものとしてつなぎ、遺《のこ》し、育ててゆくこと。それが由香子の願ったことであったと思う。聖母マリヤのようになって神の子を産みたいと思った妄想性の女と言ってもよいかも知れないが、しかし性には、人格的な性と肉体的な性があることが、由香子におけるその二つの面の分裂を見るとよくわかる。

夏枝は由香子と全く対蹠《たいしょ》的な女だった。ルリ子を産んだあと軽い肋膜炎《ろくまくえん》をした夏枝は、徹とルリ子がいればもう子どもは要らないと言って、反対する啓造に耳を貸さず避妊手術を受けた。子どもを自分の所有財産としか考えないので、ルリ子が死んでからは、今度は誰の子でもいいから新しい子どもが欲しいと言いだすのだ。啓造の子を産む妻という自覚は夏枝にはなかったのだ。

啓造にとって、人格として求めてくれた由香子が魅力的にならないわけがなく、だから、「由香子となら死ねるかもしれない」と啓造は一瞬思うのだ。

由香子の失踪が決定的になったのは一九五五年の六月中旬だ。ちょうど同じ月の同じころ、一九五五年六月十八日は、三浦光世が旭川市九条十二丁目の堀田家に綾子をはじめて見舞った日だった。それは前川正への愛だけを抱きしめて死のうと思い定めていた堀田綾子のところに、別の道が与えられた日となった。三浦綾子がこの時期を意識しないで書いているわけがない。ならば、失踪した松崎由香子、彼女にも別の道が始まるかも知れないのだ。

10 陽子

——清さと淋しさの道

徹と陽子が通った旭川市立神楽小学校。
場所は当時と同じ。

澄子から陽子へ

「陽子」という名前について、三浦綾子は自伝『石ころのうた』のなかで、妹「陽子への惜別の情は、その後長くわたしの心の底にあり、その思いが後に『氷点』のヒロインに陽子という名をつけさせた」と書いているが、このことはすでに書いたので、ここでは作品のなかの記述から考えてみたい。

はじめ、陽子の実の父である中川光夫は三井恵子が子どもを産んだら引き取る意志を持っていたので、赤ん坊は中川姓になるはずだったが、誕生前に彼が急逝したため、生まれた子は育児院に引き取られ、姓の不明な「澄子《すみこ》」という名になった。これは恵子がつけた名であろうと推測される。

その後、「陽子」になる経緯は「九月の風」の章に出てくる。

啓造の友人高木の所に夫婦で子どもをもらいにきた夏枝は「澄子ちゃんですの？　かわいい名ですけれど、でもわたくしたちで名前をつけません？　ね」と啓造に持ち掛けるが、啓造は「澄子でいいよ」と素気ない。夏枝は「ルリ子とつけたら、いけません？」と提案するが、啓造が冗談じゃないと一蹴すると、「啓子はどうかしら？　あなたのお名前から啓をいただいて」と言いだす。佐石の子に自分の名などやりたくない啓造が反対すると、「ではね。太陽の陽の字の陽子はいかが？　わたくし、小さいころから好きな名前ですの。何かこう明るくて、親しみやすくて」と提案。こうして、「陽子」という名がつけられることになった。

名前をつけるという行為は、旧約聖書の「創世記」を見ると、神から与えられてアダムが最初にした仕事だった。アダムは動物たちに名前をつけていった。名前をつけることはその存在を他の存在と区別し、それ以外の存在ではないものにする行為であるが、それはまた、そのようにしてその存在を特別のかけがえのないものとして愛することを始めることでもある。そして名づけられた者は、その名前によってそのような存在になってゆくことになる。

妻が一緒に名づけましょうと誘っても、愛せない理由を心に隠し持つ夫はそれに応じることができない。なぜなら啓造にとって、その赤ん坊にはすでに「ルリ子を殺した犯人佐石の子」という名があり、その名は別のどんな名によっても覆い隠すことのできないものであったのだ。「敵を愛する」とお題目では唱えながら、愛することができない啓造であった。

澄子、ルリ子、啓子、そして佐石の子。この四つの名前のいずれもが陽子の底に沈殿物のようになって彼女の深層部を形成し、陽子の人生を予言している。

まず、澄子としての陽子。たぶん、恵子は自分の罪の汚れを見つめ、それゆえにこの名前を願いとしてつけたのでもあろうか。澄んだ瞳を持つ子どもはその目でまっすぐに世界を見つめながら成長するが、しかしその澄んだ瞳ゆえに遂には自他の罪をその瞳にはっきりと映さずにはおかないのだ。

またルリ子の身代わりとしての陽子は、やがてルリ子の場所を奪い取った者のように疎まれ、幼くして親に捨てられ殺された者のその淋しさを、やがて自ら舐《な》め味わいつつ背負うことにもなってゆく。

更に啓造の一部を質として持たされる啓子としての陽子は、やがて人間の心の奥の罪への懊悩《おうのう》と、救いを渇仰する悶《もだ》えを体験することになる。

そして佐石の子としての陽子は、他者を不幸に陥れる存在である自らの罪に凍りついて自らいのちを絶とうとすることになるのだ。

しかし、夏枝にとって陽子は本来「明るくて親しみやすい」者であるはずであった。夏枝と陽子。それは夏の瑞々《みずみず》しいみどりの枝に輝く陽の光。陽の光はみどりの枝の麗しさを引き立たせ、そこに躍る。そんないのちのハーモニーが奏でられるはずではなかったのか。そして実際、夏枝が啓造の書斎で陽子に関わる秘密を知ることになるその日まで、陽子によって夏枝は幸せに輝き、陽子は夏枝の愛のなかではぐくまれて幸福だった。しかし、そこに啓造の夏枝に対する嫉妬、憎しみ、復讐という黒い翳《かげ》りが差し掛かってきたとき、運命の軸は大きく回転し、このきらめくような幸せの図は一瞬にして崩れ去ってしまう。

更に陽子という名は夏枝がつけたものであったのに、不思議にも実の父母である光夫と恵子が愛し合ってできた子どもらしい名前でもある。陽子は人々の心を明るく照らす存在であると共に、人々の罪を照らし出す存在でもある。前述のように、「辻口」という姓は「十字架への道の入り口」の意であるが、その入り口とはこの物語を通して陽子が気づいてゆく罪の淋しさであり、その結果生じた陽子の自殺（未遂）によって、照らし出されてくる周囲の人物たちの罪の自覚なのだ。

橋を渡る日の淋しさ

小学校一年生になった陽子は学校で「わたなべみさを先生」に習い、「みわ、まさこささん」と一緒に座り、前の席には「ささい、いくちゃんと、よねつ、とよこさん」が並んでいたと書かれているが、これらは、自伝『草のうた』を見ると、堀田綾子の小学校一年のときの先生やクラスメイトの名前であるがことが分かる。

のちに牛乳配達をすることなどを見ても、陽子に自身の少女時代の投影があるのは明瞭だ。そして、それは表面的なレベルだけでなく人物造型の深いところでもなされていたので、応募作『氷点』を審査員として読んだ朝日新聞の門馬義久《もんまよしひさ》も、『氷点』入選前、いわば首実検のために旭川を訪ねて三浦綾子にはじめて会ったとき、「陽子だ!」と思ったのだ。

恐《こわ》いほどに輝いた眼差し、積極的で肯定的な人間への関わり、目標なしには生き得ないような生への真剣さなどの点で、両者の間に近親性を見ることができるが、また、真の愛に出会うことなしには生きておられないほどの魂の淋しさに目覚めてしまう体験も共通する。結局作家は陽子を自分の分身として、あの敗戦後の絶望と淋しさにまで連れていこうとしているのだ。

「陽子は天性、恐怖とか悪意というものを持たずに生まれてきたよう」な少女であった。石を入れた雪玉を投げつけられて打撲し痛んでも、その子が以前にやさしくしてくれたことを忘れずにいて、誰にされたかを言おうとしないような子だった。「(人の憎しみを負って生まれていながら、何とふしぎな子供なのだろう）」と、啓造は思った。しかし、「自分の信じきっていた、頼りきっていた母の夏枝が、一度も見せたことのない恐ろしい姿」で首を絞めてきたその日、陽子は一人で家を出ることになる。


（おかあさんは、どうして陽子を殺そうとしたのかしら）

それが陽子には、どうしてもわからなかった。わかるはずもなかった。

陽子は、夏枝のすべてが好きであった。（略）わけても、

「陽子ちゃん」

と呼んでくれる時の、いくぶん低いが、やさしい声が何ともいえず好きだった。

夏枝さえいてくれれば淋しいことも恐ろしいこともなかった。（略）その夏枝が、陽子の首をしめたのである。その時の何かにつかれたような、夏枝の顔を陽子は真実おそろしいと思った。

自分の信じきっていた、頼りきっていた母の夏枝が、一度も見せたことのない恐ろしい姿を見せた時、陽子の心にも、別の面がうまれたのである。（略）

死ぬということが、どんなことかよくわからないながら、殺される恐ろしさを陽子は知ってしまったのだった。


（「橋」）

夏枝はここで、佐石がルリ子にしたと同じように陽子の首を絞めるのだ。そしてあの日母親を信じきっていたルリ子を裏切って外に追い出したように、陽子を外に出て行かざるを得なくさせている。無意識のうちにも夏枝は、「目には目を」という復讐を始めている。陽子にもルリ子の苦しみと淋しさを与えようとしているのだ。陽子はもう恐れを知らない少女ではなくなり、この日人間というものの得体の知れない恐ろしさ、殺される恐ろしさを知ってしまう。こうして陽子は夏枝によってルリ子化され、淋しさに殺されたルリ子の跡を歩ませられるようになってゆくのだ。

陽子は神楽《かぐら》農協の前でバスにのった。旭川に行くには、橋をひとつ渡らねばならなかった。バスがその橋の上をすぎるとき、陽子は生まれてはじめて「淋しい」ということを知った。今まで、一人で旭川に出たことはなかった。橋の下を流れる冬の川はくろかった。バスの窓に、ひたいを当てて陽子は外をみていた。橋の下のサムライ部落の一軒の窓に、赤い布がぶら下っていた。それが何となく陽子には淋しかった。あの赤いものは何だろう。マフラーだろうかと思った。

（「橋」）

こうしてこの日、陽子は人生の中の一つの橋、淋しさの橋を渡った。そのままで愛されそのままで安心して生きていてよいはずであった楽園から、突然に追放された日、冷たい川風に曝《さら》されて、くろい「冬の川」のそばにぶら下がっている「赤いもの」。それは、まさに陽子自身であり、凍えるような孤寂の中に吊《つ》り下げられている彼女のいのちそのものであったのだ。

この感じは「雪虫」の章にある前川正の歌、「茫々天地間に漂ふ実存と己れを思ふ手術せし夜は」にも似ている。あらゆるものから突き放されて宙吊りにされたような、頼るもの一つなく浮遊するような危うさと言いがたい淋しさ、それは堀田綾子が敗戦後に陥った淋しさとも似ている。

くろい川は不思議にも、最後の小説『銃口《じゅうこう》』の最初の題「黒い河の流れ」の中に見出すことができる。『銃口』の場合は炭鉱町ゆえの汚れた水の黒さでもあり、暗い時代の流れでもあるが、ここではそれは、幼い魂を飲み込み流してゆこうとする人間の罪の流れでもあるだろうか。

あるいは、淋しさというものは、なにがしかすべての人が若い日に一度は通るべきところであるのかも知れないが、陽子の場合、この淋しさは、これから十年ののち、彼女の出生の秘密が告げられたときに、彼女の心を凍えさせるものとして、更に根源的な強さをもって再び襲ってくることになるものであった。「おかあさんは、どうして陽子を殺そうとしたのかしら」知らず知らずにも、この問いへの答えを求めることが、この後の陽子の道になってゆき、やがてこの問いの答えに出会う日に陽子は生きてゆけないほどに完全に凍る淋しさに至るのだ。

家出した陽子が夏枝の友人で踊りの師匠藤尾辰子《ふじおたつこ》の所に行ったことは幸いだった。辰子はこの作品の中で徹以外では唯一陽子を守ることのできる存在だ。しかしこのとき、辰子は陽子に言った。

「少しぐらいのいやなことは、人間はガマンをしなければだめよ」そうでなければ、「だんだん行くところがなくなるよ。そして、人は自殺したりするんだよ」。

家出の事情を知らないからこそ辰子はこう言うのだが、しかし、にもかかわらず、ここで、〈いるところがなくなるときに、その淋しさのなかで、お前は自殺する〉と彼女は予言してもいる。この言葉を受けとめた陽子は「ガマン」する強さ、石にかじりついてでもひねくれるものかという「きかん気」の奥に、この死ぬほどの「淋しさ」を埋め隠す道を選んでゆくのだった。この日から陽子は、愛されたいという激しい渇きを胸の奥に抱きながら、我慢して生きる清さの道を歩むことになる。

赤い服

「白い服」の章では、学芸会のときにクラスのお友だちとお揃《そろ》いで着て舞台で踊るための白い服を夏枝が作ってやらなかったために、陽子一人だけが赤い服を着ることになる事件が書かれている。意地悪をしながら夏枝は「何もかも、夫が悪いのだ」と心に呟《つぶや》き、夏枝が注文したという白い服を町まで取りに行った徹は、夏枝の意地悪に気づいて、怒りを覚える。

登校の途中で徹がいった。

「かわいそうになあ陽子。赤い服で恥ずかしいだろう?」

徹は今朝になってから、また急に陽子のことが心配になっていた。

「この赤い服だってきれいよ。学芸会に出て一生けんめい踊るのがうれしいもの」

陽子はうれしそうだった。


(「白い服」)


夫を責める妻、母を責める息子と、その結果を受け入れる陽子。陽子のこの赤い服は、夏枝に首を絞められ家出した陽子が、忠別川《ちゅうべつ》を渡るときにサムライ部落の家の窓に見た赤い布と同じく、母親の愛という庇護《ひご》のない、冷たい風に曝され宙吊りにされている陽子のいのちの状態を表している。しかし、陽子はこの恥辱のはずの赤い服で、誰よりも一生懸命に踊るいのちでもあった。だからこそ陽子はその日、その舞台で、誰よりも輝いたいのちであったのだ。

そして、この赤さは、新約聖書で、イエス・キリストが十字架にかけられる直前に引き出されてきたときに着せられたマントの赤い色と関連させられている。嘲笑され愚弄され、犯罪人として〝さらしもの〟にされ、処刑されようとしながら、その恥辱をものともせずに、一生懸命に愛するいのちであったイエス・キリストのイメージが、この陽子には重ねられている。

また、この赤い服の色は、啓造が見たタコのふんどしの色と同じだが、それはタコをしていた佐石の孤独ないのちの色でもある。ルリ子の身代わりとして、佐石の子として、陽子はこの赤い〈いのちの淋しさ〉を体験してゆくのだ。

牛乳配達と答辞

小学四年生になった陽子は、夏枝が給食費をくれないのに困ったこともあり、牛乳配達のアルバイトを始めた。冬には、牛乳瓶を両手に提げて雪道を歩いてゆく陽子が描かれているが、冬になると、私も雪の神楽地区を歩きながら牛乳配達をした陽子を想像する。

福岡から旭川に移住して受けた衝撃のひとつは、冬には自転車に乗れないということだった。西日本には、季節によって使えない交通手段とか、冬には入れない道、冬には行けない場所などというものは基本的になかったのに、ここでは季節が来れば、人間がどうあがいてもできなくなることがある。人はそれを受け入れて、その条件の中を一歩ずつ歩いて生きるしかなくなる。はじめの年、膝《ひざ》上まで積もった雪の土手をむちゃくちゃに歩いては数百メートルで精根尽き果て、その上足が抜けなくなって、危うく行き倒れになりそうになった。人間の弱さと限界と、いつでも何でもできる者でありたいという全能欲を持つ自分の罪を示されながら、真っ白な道を一歩ずつ歩くしかないありがたさを、私は知った。そして長く過酷な冬の間、遠い春を信じて待つということ、待ちながら育てられてゆくということも、わずかながら学んだ。

真っ白な道を、ひとり静かに、人を思いながら、人間の生活やその厳しさやぬくもりや、その心もさまざまに想像しながら、重い牛乳瓶を下げて歩いてゆく陽子を『氷点』は描く。「白い色は、人間の心を清らかにさせるし、人間の根源的な面を見つめ直すきっかけを与えてくれる」(「芸術と風土　北海道編」『丘の上の邂逅』所収)と、三浦綾子は書いているが、陽子も堀田綾子も、そのようにして雪の朝、牛乳配達をするなかで、人間を見つめながら、人というものへの清い愛を育てていったのではないかと思う。

牛乳配達をしていたある吹雪《ふぶき》の日、漏れ聞いた牛乳屋の夫婦の会話から、陽子は自分がもらい子であることを知ってしまう。

(もらい子なんかじゃない)と、心の中で思ってみたが、だめだった。啓造も夏枝も徹も、にわかに遠い人に思われた。陽子は一人ぼっちになったような淋しさに唇をかんで涙をこらえた。牛乳屋の小父さん小母さんに涙を見られたくなかった。

(「大吹雪」)

こんなにも陽子は淋しさを舐めてゆかなければならなかった。そして、陽子は中学の卒業式で答辞を読むことになるが、登壇した陽子が開いた答辞は白紙にすり替えられていた。

しんと静まりかえったなかで、陽子は、人生には思いがけないことがあるけれど、「雲の上には、いつも太陽が輝いている」という言葉を胸に、意地悪にも負けずに生きてゆきたいと語り、見事に切り抜けた。

陽子はていねいにおじぎをした。

嵐のような拍手が起こった。夏枝はめまいを感じた。拍手をされている陽子が憎かった。

（略）しかし、拍手の中を降壇する陽子の心は、複雑であった。直感的に陽子は、夏枝の仕業であることを感じた。級友がすりかえるはずがなかった。陽子は学校にきて、一度も手放さなかったからである。（略）

（ほんとうの母なら、こんなことは決してしない）

世のすべてから捨てられたような、深いしんとした淋しさであった。

（「答辞」）

赤い服を着て踊ったときと同じように、苦難をはねのけて躍動する陽子のいのちの輝きを見て人々は感動し、夏枝は嫉妬する。しかしこうしてまた少し、陽子の淋しさは深くなってゆくのだ。淋しさを知ってゆくこと。それが陽子の人生であり、成長過程であった。そして夏枝の意地悪に導かれて、「こんなにも愛されないわたしとは誰なのか？」という問いを辿《たど》って、自分を知ることへ向けて、最も深い淋しさの淵へ向けて、陽子は歩いてゆくのだ。

石にかじりついても

「石にかじりついても、ひねくれたりはすまいという、強い気持で生きて参りました。」陽子の遺書に出てくるこの言葉は自伝『この土の器をも』に、夫三浦光世の妹誠子《せいこ》さんの言葉として出てくる言葉である。

この妹が、ある日わたしにこんなことを言った。
「おねえさん、わたしね、石にかじりついても、ひねくれまいとして生きて来たのよ」
わたしはその言葉にひどく感動して、後日小説「氷点」を書いた時、私はこの言葉を主人公陽子に言わしめたのである。

（『この土の器をも』）

誠子さんは一歳にも満たないうちに父を結核で喪《うしな》い、母とも離れて上の兄の健悦さんと共に父方の祖父母の家に預けられた。三浦綾子は「その言葉にひどく感動して」と書いているが、それは幼く貧しく淋しい者が強い意志と克己心で自らを律して必死で堕落すまいとしていることへの感動であろう。甘えの許されない、そこで自分が踏み留まれないならば、誰も救い上げてはくれないと知っている幼い魂が、苦難をほとんど命がけで生きること。苦難の中で人が為すべき最も大切な仕事が、「にもかかわらず正しく生きる」ということであり、人間の魂の高貴さがそこにあるのであれば、『泥流地帯』の福子や拓一、『積木の箱』の久代などにもそれは描かれているが、ここにその原点を見ることができるのかも知れない。誠子さんは、この陽子の遺書に出てくる言葉を語っただけでなく、本当に陽子のように清くやさしい人であったと綾子は何度も語っている。誠子さんは、福島第一原発の事故のために富岡《とみおか》町から避難した先のいわき市で先年亡くなられたとお聞きしている。

清さを求めることと、愛を求めること

陽子はたとえ愛されなくても「正しく生きる者」「清い心の者」であろうとした少女だった。夏枝や啓造のように、人は美しさや能力、地位や財産や名誉によって自分を価値ある者であると確かめようとするが、それだけでなく、人は善や清さや正しさなどによっても自己を価値づけしようとするものだ。しかしそれもまた、美や地位などを求めるのと同じく、果てしなく続く苦しく空しい闘争になる。

清さを求める一方で、陽子の中に隠されていた愛への渇き。その欲求は、『嵐が丘』を読み、北原に出会うことで噴出してきた。かけがえのないものとして愛し合うことによって、かけがえのないものになりたいと強く願う陽子は、真剣な命がけの愛であることを要求することになる。全か無か。それゆえに絶対に裏切りを許せない陽子は、夏枝の意地悪な言葉によって北原に恋人がいると誤解したとき、北原から来たすべての手紙を捨て、送られて来た手紙に火をつけるのだ。

清い自分か？　それともかけがえのないものとして激しく愛し愛される自分か？「嫉妬」や「ゆるせない心」への戸惑いが陽子に始まる。それは大人への、あるいは人間への階段だったのだが、陽子は愛の苦しみに分け入ることをしなかった。陽子は本当には傷つかない少女であった。「北原さんはわたしを裏切ったけれど、わたしは北原さんを裏切らなかった」というような自己義でもある淋しい清さに、陽子は戻ってゆくのだ。これが陽子の本質的な罪である。清さという自己義に閉じこもっている者は、本当に愛を知ることはできない。だから、この清さという自己義は、夏枝の言葉によって完全に破壊されなければならなかった。そうして殻が破られて、自分が他者との関係の中で何者であるかを苛烈な痛みと共に知るときに、陽子ははじめて「ゆるし」を求め、徹の愛にも気づくことになるのだ。

11 陽子の遺書

――〈ゆるし〉への希求の始まり

雪の見本林。
死のうと思い定めた朝、
陽子はこの堤防の上で振り返った。

陽子の時間と綾子の時間

『氷点』の物語の時間はルリ子が殺される一九四六（昭和二十一）年七月二十一日から始まり、陽子が自殺する一九六四（昭和三十九）年一月十五日および正確にはその二日後の十七日の朝で終わるのだが、この時間構成を作家の時間と重ね合わせてみると興味深い一致が浮かび上がる。

昭和二十一年七月二十一日は、三月に絶望と虚無感の果てに教師を辞めた堀田綾子が六月一日に結核療養所白雲荘に入所してひと月余りという時期で、十三年に及ぶ療養生活が始まったばかりの頃だ。他方、最終部の昭和三十九年一月は、前年十二月三十一日に『氷点』の応募原稿を完成し発送した直後の時期に当たっている。

つまり、『氷点』の物語のルリ子の死から陽子の自殺までの十七年半は、自伝作品で言えば『道ありき』および『この土の器をも』とほぼ重ねられて書かれているのだ。

すなわち無垢《むく》に見えた軍国少女であった者が敗戦によって淋しさの淵で死に、それと同時に彷徨《さまよ》い始めた魂が神の定められたあるべき所に立つまでの期間である。そのように見ればルリ子の死と陽子の認罪までの道のりは作家の物語と大筋で重なっている。そして、遺書を書いて家を出た陽子のいのちが純白の雪の上に投げ出された同じ日、『氷点』もまた作家の手を離れて審査という神の手の上に投げ出されて、その運命を待っていたのである。

砕かれる自己義

アダムがそうであったように、辻口夫妻がそうであったように、彼らの娘である陽子もまた神に従うのではなく、自己に従い、己の罪を認めず、神の前に首を垂れることのない人間であった。「彼らは神の義を知らず、自分自身の義を立てようとして、神の義に従わなかった」と「ローマ人への手紙」一〇章三節に言われているとおりだ。

陽子は実際には無垢な少女である。意識して罪を犯したことはなく、自己を厳しく見つめ清く生きてきた。

しかし自己を厳しく見つめ律し正しく生きることと、罪がないということとは次元の違うことだ。否、むしろ自己を厳しく見つめ、他人に決して後ろ指を指されるところのない者が、それゆえに自分の眼差しでしか見られないならば、そしてそれによって自己をよしとしているならば、そこには大きな落とし穴がある。

「ルリ子を殺した犯人の子」という言葉によって、罪なき者のはずの自分が、殺人者の血を持つ者であったことを突きつけられたとき、陽子のなかで、首を絞められた七歳の日から十年間のさまざまな記憶がその裏にあった真の意味を語り始める。愛する家族の長年の不幸の原因が、その家にいてはいけない自分にあったことを知らされた陽子は、言い逃れなどできないほどに積み上がった証拠と「長い間、わたくしはあなたのために、どんなに苦しんだか、わかりませんよ」という母の言葉の前に立ち尽くし、もはや「私は清い」などとは言えなくなるのである。

自分ひとりで生きて厳しく見張ってさえいれば保てるはずだった陽子の「潔白性」という支えは、脆《もろ》くも根底から潰《つい》え去り、アイデンティティを失った心は凍りつく。

確かなものであると信じていたものが崩れるとき、「自分をごまかさずにきびしくみつめた人間」であればあるほど、堀田綾子の戦後のように、帆柱を失った『海嶺』の宝順丸のように、心凍ったままの危険な漂流は始まるのだ。そして、自己の眼差しよりも確かな、神の眼差しの下に自分を置き、神に見つけられるまでは、漂流は終わらない。

陽子の遺書の神学

応募作品の執筆が陽子の遺書から書き始められたことはすでに触れたが、それゆえ、『氷点』の中心がこの遺書にあり、この遺書へ向けて物語のすべてが整えられ、配置されているとも言うことができる。当然、テーマの〈原罪〉もここで書かれねばならない。作家は自らこう書いている。

陽子の遺書によって、私は原罪に触れてみた。むろん陽子は、まだ高校生の少女である。原罪の深い思想には達していないが、その萌芽《ほうが》を遺書の中に見ることはできる。

（「小説『氷点』に触れつつ」）

陽子は殺人犯の娘であるということを告げられたことを契機に、自分の中に罪の可能性があることに気づくことで、原罪に気づきかかっているのだが、神を知らない彼女は原罪の本義である「神の方を向こうとしない性質」という考え方にまでは至っていない。確かに真の原罪意識から見ればまだ萌芽状態に過ぎないと言うべきである。しかしそこには確かな萌芽があり、原罪に触れてもいるのである。

それは、探索する勘としては「憎むべきもの」、感性としては「氷点」の淋しさ、そして認識としては「血の中を流れる罪」である。

陽子の遺書は、父母（辻口夫妻）宛てのもの、北原宛てのもの、徹宛てのものと三通あるが、圧倒的に長い父母宛てのものを中心に見てゆく。

「ルリ子姉さんを殺した憎むべき者」

しかし、私がルリ子姉さんを殺した憎むべき者の娘であると知った今は、おかあさんが私に対してなさった意地悪も、決して恨んではおりません。

（「遺書」）

ここで作家は陽子に「ルリ子姉さんを殺した憎むべき者の娘」と書かせている。「殺人犯の娘」でもなく「佐石土雄の娘」でもなく、「憎むべき者の娘」と。この「憎むべき者」とは誰か？

単純に考えれば，ルリ子を殺した殺人犯佐石土雄のことなのだが、「憎むべき者」が「ルリ子姉さんを殺した」ゆえに「憎むべき者」なのであるとするならば、それは本質的には何であろうか？

すでに何度も繰り返し述べたように、ルリ子を殺した第一のものは愛の喪失の淋しさである。

陽子が自殺しようとした日は一九六四年一月十五日で、実は、生きていればルリ子（一九四三年生まれ）が成人式を迎える日であった。そして、この日陽子は十七年前ルリ子が殺された日に辿ったのと同じ道を通って、ルリ子が殺されたのと同じ川原で自殺を図る。このゾッとするほど恐ろしい符合は偶然ではない。勿論場所の一致は陽子自身が意識してルリ子が殺された場所で死のうとしているからなのだが、もっと深いところで、陽子の自殺が、ルリ子が抱えさせられた問題の完成的帰結であることを示している。幼いルリ子が経験した死に至る〈淋しさ〉は、母の愛に裏切られ追放され「もうこの家にはいられない」という居場所のない淋しさであるが、それは十七年を経て満期になったかのようにルリ子の成人式の日に再び、「この家では決して愛されえない」淋しさとして現われ、陽子を内側から空洞のように充《み》たし尽くし、命を吸い取ってゆくのだ。「ルリ子姉さんを殺した憎むべき者」の第一は

〈愛されない淋しさ〉であるが、それはまた陽子を殺すものでもある。

＊

そして第二は苦難に打ちひしがれたために、ルリ子を愛せなかった佐石土雄の弱さである。佐石は自身が過酷な苦難のゆえに淋しさの深い淵に立っていたので「おかあちゃま、おかあちゃま」と叫ぶルリ子の淋しさを支えられず、むしろその淋しさを訴える声を発する喉《のど》を絞めることしかできなかった。佐石が愛を失っている以上に、佐石が愛そのものから失われ彷徨う者であったのだ。愛から失われているゆえの深い淋しさこそが、佐石を〈愛せない者〉にしているのだ。

佐石は、自分では意図しないところから来る幾多の苦難によってボロボロにされた果てに、幼い子を傷つけ殺してしまうことになるが、陽子もまた自分では何も知らずにこの家にもらわれてきて、知らずに母を傷つけていたことに苛《さいな》まれる。正しく生きようとしてしかし運命に虐げられ加害者となってしまう者の淋しさに、佐石と陽子は凍りつく。それはさらに、そんな恐ろしい自分を愛せないという淋しさにもなる。佐石と陽子は〈愛されない淋しさ〉と共に、他をも自分をも〈愛せない淋しさ〉を持つ。

すなわち「ルリ子姉さんを殺した憎むべき者」の第二は〈愛せない淋しさ〉であるが、これもまた陽子を殺すものなのである。

こうして「ルリ子の身代わり」であり「佐石の子」である陽子は、ルリ子の〈愛されない淋しさ〉と佐石の〈愛せない淋しさ（傷つける淋しさ）〉という両方の淋しさを負わされて美瑛《びえい》川に死にに行くことになるのだが、換言すれば、それは「ルリ子の身代わり」である陽子が「佐石の子」である陽子に殺されるために出てゆくことでもあるのだ。

＊

しかし、この陽子が書いた「憎むべき者の娘」という言葉は、陽子自身は気づかなかったにしても、同じようにアダムとエバの性質を持った辻口夫妻の方へも突き刺さってゆくものだ。アダムが憎むべき者であるなら、自己中心に生きて自分の罪を認めず、責任転嫁して裁き合い、ゆるさず復讐し合う者たちである啓造と夏枝もまた「ルリ子姉さんを殺した憎むべき者」である。そして彼らは、佐石と共に「ルリ子姉さんを殺した憎むべき者」であるだけでなく、第二のルリ子である陽子をも自殺に追いやって殺す「憎むべき者」たちなのである。そして、彼らの中核にある「憎むべき者」の本質は〈自己中心〉という罪である。そして陽子もまた罪ある自分をゆるせないという自己中心のゆえに陽子自身を殺す者である。「ルリ子姉さんを殺した憎むべき者の娘」と自らを呼ぶ陽子は、それらの「憎むべき者」を自分の中に探索していたのだ。

〈氷点〉

陽子は啓造と夏枝に宛てた遺書の中で何度も繰り返し「氷点」の感触を書いている。「ぐらぐらと地の揺れ動く」「よって立つ所を失う」感じであり、それによって「生きる望みを失い」、心が「凍えてしまう」感じである。

これらの感じが『道ありき』に書かれる敗戦後の堀田綾子その人の根源的な経験であったことは確かであり、戦後小説としての『氷点』という見方がされるゆえんであるが、時代を超えて、これは人間というものが自らの中の〈罪〉に出会ってしまうときの限界状況の感覚でもあるのだ。

私の心は凍えてしまいました。陽子の氷点は、「お前は罪人の子だ」というところにあったのです。（略）私はもう生きる力がなくなりました。凍えてしまったのです。

（「遺書」）

この直前にある「一途に精いっぱい生きて来た陽子の心にも、氷点があった」という文章を読むと、「氷点」＝〈罪〉と読みたくなるのだが、「陽子の氷点は、『お前は罪人の子だ』というところにあったのです」と言っているからには、「氷点」＝〈罪〉と読むことはできない。「氷点」すなわち〈心の凍え〉の原因が陽子の場合は〈罪〉にあるということだ。

凍えることなどないと思っていた心、明るく生きていた陽子の心、「殺されても生きる」と思っていたその陽子の心にも「氷点」があった。そのような、生きることを根底からくずおれさせる絶望感を、三浦綾子は〈心の凍え〉すなわち「氷点」として表現したのだ。

そして本当の罪の自覚というものは、一旦知ってしまえば決して後戻りできないものなのである。

夏枝に出生の秘密を突きつけられたとき、北原は犯人の子ではないという事実が分かれば問題は解決すると考えて、出生の事実の真偽を追求するのだが、陽子は「私の中に眠っていたものが、忽然《こつぜん》と目をさました」からには、犯人の子であってもなくても同じなのだと言っている。そのとき目を覚ました「お前は罪ある者だ」という獰猛《どうもう》な獣は、人を愛する力など簡単に踏み砕き、容赦なく陽子の心のいのちを喰《く》らい尽くすのだ。

＊

出生の秘密を突きつけられた陽子が夏枝を見つめる目は、憎しみの目ではなく、「悲しいほど淋しい目であった」と書かれている。また自殺を決意して入った見本林でも、雪の上に死んでいるカラスを見、雪の下のカラスを思って、陽子は「淋しい」と思わず呟いた。

水谷昭夫《みずたにあきお》氏はこの陽子の淋しさが本質的に漱石のそれから連なっていることを指摘し、「漱石は『こゝろ』のなかで、やはり「淋しみ」に引き摺られて自殺する先生を描いたが、この淋しさこそ、人間の原罪に由来する感覚である。（『燃える花なれど』）」としている。

非常に優れた分析であると思うが、では原罪によってなぜ人は淋しいのであろうか？

すでに見てきたように、原罪が本質的に〈人間が神を離れてあること〉であるなら、その「淋しさ」も〈人間が神を離れてあること〉から来る「淋しさ」である。『氷点』では、それは例えば以下の四種類の淋しさとして見ることができるだろう。

第一は、〈生きる目的のない淋しさ〉である。神に背を向けているゆえに生きる道も意味も使命も分からなかった敗戦後の綾子と、死のうとする陽子に見ることができる。

第二は、〈愛されない淋しさ〉である。すでに見たように、家にいられなくなったルリ子と陽子、そして正木次郎に端的であるが、神に愛されていることが分からないゆえに陥る淋しさである。

第三は、〈愛せない淋しさ〉である。これもすでに見たように佐石、啓造、陽子らに現れているが、愛の本体であり供給源である神を離れ、真に愛される体験を持たないがゆえに、愛することができなくなる淋しさである。

そして第四についてはあとで触れるが、〈罪の解決が見出せない淋しさ〉である。神の方を向かないために「ゆるす」と言ってくれるものが見出せないのである。自殺しようとする陽子、佐石、そして高木にも見出せるものである。

こうして見ると、すべての種類の〈淋しさ〉を陽子が持っていることがわかるが、これらはすべて、人間が神の方を向かないために、神から切り離されてあるために起き、最終形である〈自分を愛せない淋しさ〉に集約されてゆくときには、致命傷になりかねない危険な淋しさである。そして、これらの原罪から起きてくる淋しさによって、心のいのちが凍えることを「氷点」と呼ぶのである。

再びまとめてみると、こうも言える。

神から離れているために生きる目的がわからないとき、人は自分の存在価値を見失って凍える。

神から離れているために愛されていることがわからないとき、人は自分の存在価値を見失って凍える。

神から離れているために愛することができなくなるとき、人は自分の存在価値を見失って凍える。

神から離れているために罪をゆるされることがわからないとき、人は自分の存在価値を見失って凍える。

血の中を流れる罪

陽子は、遺書の中で、「おとうさん、おかあさん、どうかルリ子姉さんを殺した父をおゆるし下さい」と乞《こ》い、「陽子は、これからあのルリ子姉さんが、私の父に殺された川原で薬を飲みます」と告げている。

事実としては間違いであるかも知れない佐石との親子関係を、確かめることもなく自覚的に引き受けようとしている陽子。それは勿論一つには、佐石の本当の子でなかったとしても、辻口家において陽子が佐石の子として見られ育てられたことは動かしがたい事実であるからだが、さらにもう一つ、ここでは「血の中を流れる罪」という自覚が陽子にそう言わせているのだ。

「血の中を流れる罪」は単純に佐石がルリ子を殺したという事実を指しているのではない。そうだとしたら、佐石の子であるか否かは非常に重要で、佐石の子でなければ、血の中に罪など流れていないと主張することもできるだろう。

陽子は、この佐石の子であるかも知れないということを通して、もっと根源的なことに気づいたのだ。それは、たとえ自分が佐石の子でなくても、自分は罪を犯していなくても、自分を産んだ親やまたその親と辿ってゆくと、その血筋の中には人殺しをした人、泥棒《どろぼう》をした人、姦淫をした人などが必ずいるに違いないということだ。何十代何百代と遡《さかのぼ》っていけば、たぶん人間が犯しうるあらゆる罪の血が入っていることであろう。自分はその子孫である。つまり私の中にも罪の血が流れており、罪を犯す可能性があるのだ。そして、更に遡るとどこに行きつくか？　その大元の源流はアダムの罪の血である。アダムの罪、神の言葉を否定し、神の愛に背き、神の顔を避けたアダムの原罪の血に至るのである。拭いがたく、存在そのもの、生そのものと深く結びついた質としての自己中心の罪、アダムの末裔《まつえい》である限り、罪を犯す可能性をはっきりと血の中に持っているのだ。たぶん陽子はアダムを知らないが、しかし確かに罪の可能性は悟ったのだ。

そしてそのような自覚に至ったときに、「佐石は私の父である」ということを陽子はむしろ選び取っているように見える。その上で、「おとうさん、おかあさん、どうかルリ子姉さんを殺した父をおゆるし下さい」と言い、「ルリ子姉さんが、私の父に殺された川原で薬を飲む」決心をするのだ。ここには父の罪を自らの死で少しでもあがなうことができるなら、という思いがある。すでに陽子にとって父の罪は本質的に私の罪でもあるからだ。

そして、それは無垢な（はずの）者がアダム以来の罪を担ってそれを消すために死ぬという形をとって、キリストの姿をわずかに映してもいるようだ。自然災害、両親の死、貧困、差別、抑圧、戦争、伴侶の死、思いがけなく犯した罪といった苦難を集約して背負わされてある佐石の罪をも背負い償うために死ぬ陽子。この物語のなかで最も凍えたこの二人の傍に、愛の喪失のなかで死んだ佐石土雄、そして原罪から来る淋しさをすべて集約しつつ、父である佐石の罪をも背負い償うために死ぬ陽子。この物語のなかで最も凍えたこの二人の傍に、罪ある者として死のうとしたこの二人の傍に、三浦綾子は、同じく罪ある者として殺されてすべての罪を償ったキリストの姿を浮かび上がらせようとしているかのように見える。

そして、ここまで来たときに、「佐石」という姓が「祭司」というキリストの職能（犠牲《いけにえ》を捧《ささ》げて罪のつぐないをする）の名を裏に含んでいることが、「佐石の子」である陽子によって浮き上がってもくるのである。

＊

「陽子の氷点は、『お前は罪人の子だ』というところにあったのです」という言葉は、佐石の子でない者には関係のない言葉なのだろうか。

ここで作家は「お前は犯人の子だ」とは書かず、「お前は罪人の子だ」と書いた。「罪人の子」の「の」は読み方によっては所有格でもあり、同格でもある。罪人から生まれた子であり、あるいは罪を犯す性質を持った子なのだ。陽子が命がけで自覚的に引き受けているもの。

「お前は罪人の子だ」という自覚は、この同格の「罪人の子」、すべての人の心に示されるべきはずのものとして書かれている。陽子が佐石の子であることを確かめることなく受け止めたことによって、それは証明されてもいる。アダムの子孫であるならば誰の子でも関係なく「罪人の子」なのだ。

「ゆるし」の希求　―人格への気づき

陽子は本来、罪についてはその可能性さえも認めたくないという〈超潔白欲求少女〉であった。それゆえ、こう言うのだ。

自分の中の罪の可能性を見出した私は、生きる望みを失いました。

（「遺書」）

ヤスパースは、我々が超え出ることも変化させることもできない「限界状況」として、死、悩み、争い、罪の四つを挙げ、この限界状況における絶望と喪失こそ人をして超越者（神）へと目を向けさせ、あるいは本来の自己自身へと回生する契機を与えるとも言っている。

神を知るに至らないゆえに、完全な形ではないにしても、罪と向き合った陽子の場合にもそれは見ることができるだろう。拭いがたい罪を、どう処理すればよいのか？　自分ではどうにもできない「限界状況」のなかでは、自分以外のものを求めるしかなくなるのである。

私は今まで、こんなに人にゆるしてほしいと思ったことはありませんでした。
けれども、今「ゆるし」がほしいのです。おとうさまに、おかあさまに、世界のすべての人々に私の血の中を流れる罪を、ハッキリと「ゆるす」と言ってくれる権威あるものがほしいのです。

（「遺書」）

ゆるされねばならない人間であるという意識がなかった者が、ゆるされる以外に解決があり得ないことを知ることは幸いである。自分で回復できるだとか、償い得るだとかということが決して決してあり得ないということを、魂の芯が痛むごとく感じ、自身ではどこにも這《は》い上がれるような可能性もないと知ることは幸いである。自分自身のなかに救いの可能性がまだあると考えている限り、彷徨いは続くのだから。
「ゆるし」ということに気づくことは幸いである。なぜなら、それは人格への気づきだから。ゆるされることは罪の責を負った人格的存在にのみ必要であり、ゆるすこともまた人格的存在にのみ可能なことである。
「こんなに人にゆるしてほしいと思ったこと」がなかったとは、自分の罪に気づいていなかったただけでなく、罪があったとしてもそれを他なる人格との関係では考えることがなかったということだ。自分自身を人格的存在としての責任存在として捉えないならば、「人にゆるしてほしい」ということはありえないことであり、自身が自身の中で内閉的にしか見られないならば、失敗や不出来などはあっても罪など成立しない。

自分さえ清ければと考える陽子においては、自己の行いや心持ちとそれを見て点検する自己という関係しか本質的にはありえず、対他の人格的関係での過誤はわずかに北原との間で起きた誤解という事件しかなかった。

しかし、この遺書を書く中ではっきりと罪を自覚的に捉え、それゆえに「ゆるし」ということに気づかざるを得なかったとき、陽子は言う。「私はもう、人の前に顔を上げることができません。どんな小さな子供の前にも」と。この感覚も、敗戦後の堀田綾子自身のものだった。

スミでぬりつぶされた教科書と同じように、私の誇りや自信は根底からくずれてしまった。いっしょうけんめいだっただけに、教え子たちの前に顔もあげられない思いだった。

（「私はなぜ『氷点』を書いたか?」）

顔は物体ではない。自分の顔も他者の顔も、それは人格の前面であり顕現である。そして顔の中心は眼差しである。たとえその人が瞑目《めいもく》していたとしても関係ない。じっと目を閉じた顔の眼差しに見られるということは日常のなかでもしばしば体験することだ。綾子も陽子も、ここで人格的な眼差しに耐えることができないものとして、罪ある自己を感じている。

陽子は「私のような罪の中に生れたものが死ぬには、もったいないような、きよらかな朝です」と言っているが、心の中心を覆っていた殻が壊れて「素直」で「へりくだった気持」になったとき、閉じていた陽子が開かれて、世界は違ったものとして見え始めてきたのだ。それはまるで、はじめて世界に出会うような、鮮やかさであったかも知れない。そしてそのときに、彼女は自分によってではなく他者によって肯定されるということを、はじめて知ることになる。

陽子はへりくだりの気持ちのなかに心地よさを感じているが、「へりくだる」とはやはり、人格に対してなされる態度である。誰という当てはないにせよ、神を知らない陽子にとっては運命や自然が相手であったとしても、他なる人格の眼差しの前に出ようとしている陽子の中には、はっきりとした根本的な変化が始まっている。

生かされる不思議

やっとストローブの松林をぬけると、堤防があった。陽子ははうようにして、堤防によじのぼった。堤防にあがってふり返ると、陽子の足あとが雪の中に続いていた。まっすぐに歩いたつもりなのに、乱れた足あとだと、陽子はふたたび帰ることのない道をふりかえった。
（「ねむり」）

愛の眼差しによって支えられているなどとは思いもせず、自分ひとりで生きていると考え、誰にどんな攻撃をされようが、ひとりで人間として生きることができると主張するのは傲慢《ごうまん》な誤りだ。北原との間の誤解を解くという程度以外には本当にはゆるされる必要など考えたこともなかった陽子は、睡眠薬を飲むことによって自らその誤りを証明した。堤防で振り返ったときに見える「まっすぐに歩いたつもりなのに、乱れた足あと」は、彼女の人生の歩みの〈的外れ〉性を表している。

死にに行く道ではあったが、彼女はそのとき、今まで自分の歩みがまっすぐでなかったことに気づいたのだ。前川正に愛されてはじめて自分がひねくれ曲がっていたことを知った堀田綾子は、「原罪の思想に導き下されし亡き君の激しき瞳を想ひゐつ」という短歌を詠んでいるが、陽子の場合は、激しい愛によってではなく、罪を知ることによってそれを知ったのだ。そういう点では、罪を知るということが、前川正に愛されることに匹敵することであることが分かる。罪を知らせるもの、それは愛の顔をしていないが、実は愛なのかもしれない。

＊

人はゆるされなければならない存在であることを知った陽子は、それまで自閉していた殻を破って「ゆるし」を与えてくれる人格という誰かを求め始めるのだが、彼女は「『ゆるす』と言ってくれる権威あるもの」が見出せなかった。そのために、死んで罪が消えるものならばと、睡眠薬を飲んで真っ白な雪に上に身を横たえることになる。

ゆるしてくれる人格を見出せない人間は悲惨である。ゆるしがなければたぶん死ぬしかないのだ。自殺しなくてもそのまま放置すれば、魂のどこかが死ぬ。なぜなのだろう、人が罪あるままで生きていくのは非常に苦しい。いくら警察からは逃亡できても、逃れられない枷《かせ》のようなものがある。自首するか首を吊るか私的に被害者に償いをするか、何かせずにはおられないものだ。しかし「ゆるし」はゆるす権威を持った人格によってしか与えられないものであり、それは、最終的には神だけがその権威を持っているのだ。だから、神という愛とゆるしの人格に背を向けて、ゆるされなくても生きられると思う心、神に対して心を閉じた人間の性質こそ、大元の的外れ=原罪なのだと、三浦綾子は言おうとしているのだ。

＊

しかし、ここで雪の中に自分を全部、いのちまでも投げ出す陽子には、真っ白さへの憧れ、純化されることへの、しかし当てのない希求がある。

陽子は静かに雪の上にすわった。朝の日に輝いて、雪はほのかなくれないを帯びている。

(こんな美しい雪の中で死ねるなんて)

陽子は雪を固くまるめて、それを川の流れにひたした。それを口に入れると同時にカルモチンをのんだ。いくども雪を川にひたしては、くすりを飲んだ。

（どの位苦しんで死ぬのかしら）

もし、苦しんで罪が消えるものならば、どんなに苦しんでもいいいと、陽子は雪の上に横たわった。

（「ねむり」）


陽子は死のうと思ったのに、結果的には死ねなかった。

「ゆるし」を求めながらも分からず、罪を消す方法を他に見出せず、雪の上に身を投げ出し、真っ白さに対してゆだねたとき、結果的に、それは自分自身を自分の意志を超えたものの手にゆだねているのだ。陽子が陥った三日三晩の昏睡、それは神の時間であった。十字架で死んだイエス・キリストが復活までの間墓の中にいたのと同じ三日三晩という時間、ゆるしと清さへ向けて投げ出された陽子のいのちは、漂流する宝順丸や洪水の上のノアの箱舟と同じく、神の手の中にあったのだ。そのとき、陽子は自分で自分のいのちをどうにもできないし、あるいは医者である啓造にさえ手が届かないのだ。

『塩狩峠』の最後で、実際に長野政雄が殉職した事件は夕方であったのに、三浦綾子は昼間に設定しなおして、真っ白な雪を強調した。純白の雪の上に飛び散る真っ赤な血の鮮やかな対照を描きたかったからでもあるのだが、真っ白な雪の中に投げ出されるいのちという構図は、陽子と同じだ。雪の鉄路に投げ出されたいのちがあって、永野信夫のいのちが神の手に握られるときに、一つの奇跡が起きることになった。止まるはずのない客車が止まり、自らに絶望した少女が別のものになって生きかえるのだ。

大いなる意志

死のうと思ったのになぜか生かされたという事件は、一九六二（昭和三十七）年七月、北原邦雄が斜里《しゃり》から陽子に宛てて出したはじめての手紙に、斜里の海で自殺しようとして死ねなかった女性のことも出てくる。これは『道ありき』などに書かれているように、堀田綾子自身の自殺未遂を投影したものだと考えられるが、婚約者の西中一郎に助けられた『道ありき』と違って、「死のうとして、海に入ったのに、波が彼女を岸に運んでしまったのです。浜辺に気絶していたその女性は助かりました」と書かれている。

一九六一年、三浦綾子が成人して発表した最初の小説「暗き旅路に迷いしを」（旭川六条教会の月報「声」）に書かれた自殺未遂は『氷点』と同じく入水《じゅすい》で、波によって打ち上げられて死ねなかったとされている。つまり、この自殺未遂事件については、服毒とした「太陽は再び没せず」を除けば、入水自殺を波が阻んだという展開が古型であることが分かる。事実がどうであったのかは決定的な証拠や証言がない限り判明しないのだが、「暗き旅路に迷いしを」には「とにかく私を死なせなかったのは、人間ではなかった」。「死のうとする私の意志を遮って、私を生かそうとした一つの大きなものの意志と力を感じてしまった」ゆえに、

「それを尋ねて行こう」として「私の求道が始まったのである」とある。「暗き旅路に迷いしを」のこれらの記述は、「何ものかの意志」や「大いなるものの意志」という言葉を含む北原の手紙と酷似している。「死のうとしても死ねない時があるということ」を「意味深い」「厳粛なもの」と受け止め、「大いなるものの意志」を感じる北原は、すでに〈真に畏《おそ》るべきもの〉の求道者になっていっているのだが、この〈人を生かそうとする〉不思議な「大いなるものの意志」、その「大いなるもの」とは、発見命名される前の神のことだろう。

あるとき、三浦綾子がこんなことを言っていたことがあると人から聞いた。

「人間は神さまから与えられた舞台が終わるまでは、その役を演じ続けなければならないの。自分で勝手にやめてはいけないの。自分の役を演じ終わるまでは、決して途中で舞台を降りてはいけないし、降りることもできないの」

自分の意志や力ではなく、生かされるということ。それは彼女自身の経験から得たものでもあり、また、ここでは陽子に対しても無言のうちに語りかけられていることなのである。

『氷点』を読んで自殺した少女

ところが、死にたい陽子を死なせなかった大人への反発を叫びながら自殺した少女がいた。

わたしの小説『氷点』で、陽子という少女が服毒自殺をする。しかし三日三晩ののちに、どうやら命をとりとめるのではないかというところで小説は終わっている。

この小説を読んでいた、ある優秀な一少女は、

「おとななんてかってだ。死のうとする陽子を生き返らせた」

と怒っていた。そして、連載の終った翌々日、海にはいってその少女は自殺してしまったという事件があった。（略）

わたしはこの少女の写真を書斎のかべにはっている。見るたびに「なぜ死んだのか」とわたしは思う。


（「生かされている生命」『あさっての風』）


彼女は陽子の気持ちがよくわかったのかも知れない。しかし他者の人格に向かってゆるしを求めて開かれ始めていた、陽子の心はわからなかったのであろう。彼女は閉じられたままであった。閉じられた人は、いのちというものがひとりの個人に属し自由にできる所有物だと考えている点で大きな勘違いをする。他者と関わりない自分だけのいのちなどというものはないし、自分ひとりで自分のいのちを生かしているということもない。そもそも〝いのち〟というもの自体、単独の生物の個体に属している物体のように考えがちだが、たぶんそのようなものではない。

「死のうとする陽子を生き返らせた」大人に怒りを覚えたからといって、なぜ彼女は死んだ

のだろうか？　作家を軽蔑すればそれでもよいように思うのだ。そこにはずいぶん飛躍がある。別の理由があって死んだか、あるいはそもそも陽子に寄り添って読んだ理由がすでに自殺する心になっていたからで、そのゆえに死なない結末を嫌ったということなのかも知れないとも思われるのだ。

真相はともかく、読む人に生きる希望をと書いた小説で死んだ人がいたことは、三浦綾子にとって大きなショックだっただろう。けれど、彼女はこの少女の写真を書斎の壁に貼っていつも見ていた。ひとりの人が自分の小説を読んで死んだ。そのことを自分の責任として深く受け止めようとしていた。この少女を生かす言葉を語るようにしよう。このあと、三浦綾子は人を生かす文学を書くことを常に使命として深く胸に刻んで書いていった。

12 高木と辰子
──それぞれの『氷点』の物語

藤田邸。
茶の間から見た廊下、
寝室(仏間)と縁側(手前から)。

ライバル・嫉妬・領地の獲得作戦

「村井か、高木か」

彼の留守に通す男客といえば、この二人しかいない筈である。

高木雄二郎は産婦人科医で、札幌の総合病院に勤めていた。啓造の学生時代からの親友である。高木は学生時代、夏枝を嫁にもらいたいと夏枝の父に願い出た。夏枝の父津川教授は、内科の神様といわれ、啓造や高木の学生時代の恩師であった。

「夏枝の嫁ぎ先は考えてある」

と断わられた高木は、

「それは誰です。辻口ですか、奴ならおれは諦める。しかし他の奴だったら絶対諦めません」と大声でどなったと啓造は夏枝からも、高木本人からも聞いていた。

（「敵」）

親友同士の二人の男が恩師のお嬢さんを得んと争うという型は、夏目漱石の『こゝろ』のなかで、お嬢さんをめぐって展開される先生とKの物語に似て、のちに展開される陽子をめぐっての徹と北原邦雄の関係にも連なってゆく。三角関係における愛と嫉妬は旧約聖書の「創世記」の物語のところから語られる、人間の罪の根源に関わる基本構図の一つである。

「村井か、高木か」と啓造が呟くように、高木は村井と並ぶ人物であった。啓造の留守に家に入ることのできる人物、すなわち、夏枝に接近することのできる人物で、しかもその経歴からして、充分にその動機のある男なのだ。そして啓造に対する嫉妬という点では、村井以上のものを潜めていてもおかしくなく、今も独身でいるのは夏枝を諦めていないからだとも取れる。ただ、高木の場合は啓造の親友でもあったので、村井とは違う「目鼻立ちの大造りな豪放磊落《らいらく》型の男」という顔で辻口夫妻に接近していた。

高木は夏枝に対して、村井のような直接的な接近の仕方はしない。啓造の親友でもありました、啓造に一目置いているからでもあるが、啓造に警戒感を与えないことが大切だと知っているからでもある。高木は、津川教授に「辻口ですか、奴ならおれは諦める。しかし他の奴だったら絶対諦めません」と大声でどなった。それは高木本来の豪放磊落なよい性質から出ているのだが、また高木はそのことを啓造に対して自ら言っている。それは親友だからということと共に、「心から降参して認めているぞ」と教えて安心させるという意図と「お前の援護射撃をしてやったのだぞ、ありがたく思え」という意味も半ばあるのだ。明《あ》け透《す》けな自分の性質を高木自身が上手く計算して利用しているとも言えるだろうか。だから高木は、まず啓造の病院に行って「これからお前のシェーン（美人）なフラウ（奥さん）を口説《くど》きに行くがいいか？」と冗談を言って、安心させてから夏枝を訪ねるというやり方を取っている。人が冗談に対しては本気で怒ることができないということを知っていて、「完全な嘘ではない冗談」によって陣地を獲得してゆく作戦なのだ。

高木はまた、夏枝にも警戒感を与えず親和感を作りながら接近してゆく方法を知っている。

「手相を見てやろう」と言って手を取り、「えーと、この線が美人の相だ」「この線が結婚線だ。辻口とは別れた方がいいと出ている」と言う。いつでも冗談に過ぎないという逃げ場があるのだが、しかし、本音を少しずつ混ぜるというやり方で言い寄っている高木がいる。だから、高木は「いろんな男の思いのかかったフラウ（妻）をもって、辻口もラクじゃなかろうな」と夏枝に言っているが、村井のことについて釘を刺すと共に、この「いろんな男」の中には自分も入っているのだと言っているのだ。

俺の子どもを育てさせる

ルリ子の代わりの赤ちゃんをもらいたいと夏枝が言いだしたとき、夏枝自身から避妊手術をしたからもう子どもは産めないのだと聞いた高木は、「太い眉毛をビクリとあげたが、何か考えるように、くらくなった庭に視線を投げていた」とある。

ここにはかなり複雑なものがある。自分が思い続けてきた女性がすでに産む性としては可能性がなくなったと知ったことの単純な衝撃。それは穿《うが》ってみるなら、この人に自分の子を産ませることは金輪際できないという喪失感であり、しかしまた裏返してみれば、肉体関係を持っても妊娠という証拠を残す危険がないということでもある。

そして、高木にとって重要なのは、この女に子どもを与えられるのは乳児院と関わっている自分しかいないということだ。一瞬にして高木は、佐石が遺した子どものことと、それを欲しいと言いだすかも知れない啓造のことも考えただろう。つまりは、その恐ろしい運命の操作の糸が自分の手の中にあるということを悟るのだ。

創作ノートには、「高木（悪役）」と書かれ、「独身―夏枝が忘れられない／夏枝と縁をつないでおきたい／弟の子を育てさせたい／自分の子を育てさせたい、欲望／生ませたい――」とある。『氷点』に実際に造形された高木はそれほどの悪役ではないが、もしそのとき、高木に母親のいない隠し子でもいたら、彼は夏枝にその子どもを与えて育てさせたのではないか。自分の子を産ませられないものならば、自分の子を育てさせたいという欲求。自分もしくは自分の代替物によって、その人の人生を占領したいと、男は、あるいは人間は思うものなのかも知れない。結果、高木は啓造が望んだ佐石の子ではない別の子を夏枝に育てさせた。それは、自分だけがその本当を知っている子であったのだ。

堕胎への罪責感

作品冒頭に近い部分で、高木はこんな風に紹介されている。

高木は（略）どういう風の吹き回しか、専門外の乳児院の嘱託をやり、

「おれには、結婚しなくても、子供だけはゴシャマンといるぞ」と結構楽しそうに暮している。

（「敵」）

小説のなかで、ここにあるような「どういう風の吹き回しか」といった表現が出てきた場合、実はそこには深い理由や事情があることが暗示されていると読むことが必要だ。つまりここでは、高木自身の心の奥に半ば隠された止《や》むに止《や》まれぬ本質的な何かが、専門外であるにもかかわらず乳児院の嘱託をさせていると言っているのだ。

敗戦直後の日本を象徴するように、「アメさん」と仲よくなって「シュワンゲっ（注：妊娠し）たパンパン」のお世話をしてプレゼントされたたくさんのチョコレートを、まさにその苦さのゆえに、持て余して辻口家に持って来た高木が言う。

「はってでも逃げられるものならまだしもね。腹の中に入っていて、逃げもかくれもできないものを殺すんだ。月の経った中絶児は膿盆《のうぼん》にのっかってフガフガとつぶやくように泣いてますわ。何の罪もないものをね。立派な殺人ですよ」

（「チョコレート」）

産婦人科医として手を染めねばならなかった堕胎《だたい》手術に高木は責められていた。あるいは、できることなら陽子（澄子）がそうであったように、堕胎することなく産ませて、乳児院で世話してやりたい思いもあっただろう。高木は、せめてもの罪滅ぼしとして、乳児院を助けているのだ。この冒頭に近い場面は一九四六年だが、一九五四年の場面でも、堕胎のことを高木は語っている。


「おれなんて、何十人も何百人も、腹の中の赤ん坊を殺してきたぜ。逃げも、かくれもできない胎児をね。あれだけ殺せば化けて出そうなもんだが、かわいそうに化けてもこない。法律に反したことでもないから警察にもつかまらない」

高木は自嘲した。

「そりゃ犯罪人じゃないもの」

「チェッ。わからねえ野郎だな。法にふれなきゃ、何をしてもいいのか？　戦争中にこんなことをしたら、みんなカンゴク行きだったぜ。医者も、母親もな。その時代ならおれは前科何百犯だぞ」

（「雪虫」）


高木は戦後八年間、堕胎手術をし続けた。その手で多くの胎児を殺してきた事実の問題として堕胎手術が殺人であることを高木は疑いもなく知っているのだ。しかし、心に責められながらも、法によって罪とされることも処罰されることもないことが彼を苦しめていた。罪が罪として認められないことの恐ろしさのなかで、水子《みずこ》と一緒に冥界《めいかい》に浮遊するように、高木の心は自分の罪を罪としてくれる者の不在に苦しんでいた。殺人マシーンになった自分を誰か止めてくれと叫んでいる高木の魂があるのだ。

時代の変化による価値観の転換によって、それまではあり得なかった思いもかけない方向に暴走を始めた自分。このままではダメだとわかっているのにそれを誰も止めてくれないし、自分でも自分を止めることができないという煩悶《はんもん》は、戦後の堀田綾子と同じだ。

戦争中、国は国民を戦争継続に必要な消耗品としてできるだけ多く産ませるために堕胎を禁じたが、戦後になると一転して今度は人口を抑制して経済成長スピードを上げるために、堕胎を許容し、むしろ実際には堕胎へと誘導するような政策をとった。このような価値観の転倒は軍国教師だった堀田綾子が教育の世界で思い知らされたことでもある。いのちより大切だった言葉が、墨を塗られ存在してはいけない言葉になってしまった日、若い女教師は実質的にもう生きてゆけなくなった。時代によって変化する国の体制と価値観が罪の有無さえも左右し、それに流されて生きることのやりきれなさの中で、人は、普遍的で不変的な善悪の基盤、真の法を求め始める。

罪を罪としてわかるために必要なものはまず痛みである。心のなかに示され感じる痛みだ。高木にはそれがあったが、それを罪として確かに認識させることは、国法にはできなかった。それができるのは例えば「汝、殺すなかれ」という変わることのない神の言葉だけだ。この神の言葉を求め、神の言葉に出会い、神の言葉に照らされて自分の罪を知らなければ、真の解決の道は開かれないのだが、高木は啓造ほどにはそれを真剣に求め始めようとはしなかった。だから、洞爺丸遭難から生きて帰ってきて聖書を読もうとしている啓造に「こんな目に会ったからって、心を新しく生きようなんて、気ばらんことだな」と腰を折るようなことを言うのだ。

また高木は、村井の結婚観を「人間をバカにした話だ」と気づいていたのに、その問題性を厳しく突き詰めては考えないために、知人の妹咲子に村井を紹介している。婚約した咲子と同様、村井のふざけた考え方を半ば面白がってでもいたのか。あるいは啓造のように、内心本気でこいつは邪魔だから早く結婚させて片付けてしまいたいと思っていたのか。高木のこの突き詰めて考えないいいかげんさと陰湿さを秘めた計略性が、この物語では悲劇を拡《ひろ》げていると言うことができる。だから、高木こそ「何食わぬ顔で陽子を自分に育てさせた張本人」だと夏枝が考えるのも当然なのだ。

両手をついて「すまん。おれがわるかった」

しかし、このような者がそのまま無事に済むことはない。夏枝が陽子の出生の秘密を暴露したとき、北原はそれを事実として認めず、札幌に行って高木を引き摺り出してきた。

高木の大きな体が、入口一ぱいに立ちはだかっていた。啓造は思わず身をすくませた。高木に何とどなられても仕方がないと思った。その時、高木がのめるようにすわったかと思うと両手をついた。

「すまん。おれがわるかった」

（「ねむり」）

そのとき、高木は陽子が実は佐石の子ではないことを告げた。そして「汝の敵を愛せよ」を一生の課題にすると言った啓造の言葉を信じたのだと言った。

こうして高木は最後には、土下座して、偽りの罪を自白せねばならなくなったのだが、ここに高木の再生への道が開けた。親友である啓造は、「しょせん、高木も自分も神の前に立つということを知らなかったのだ」と悟り、共にその根本問題を受け止めようとしてくれた。そして、陽子の遺書を読んだ高木は、「罪について、こんなに厳しく意識する人間」がいるということに驚かされる。それがまさに高木の問題の中心、彼ができなかったことであったのだ。自分がいわばその運命をもてあそんだはずの少女が、彼に道を示したのだ。

辰子の家　――理想の教会？

夏枝の友人で踊りの師匠藤尾辰子は辻口家引用のコミュニケーションの危うさを見て「この家はもっと言いたいことを言い合わなければ駄目だ」と言うが、まさに言いたいことを言い合うことのできる場所、それが辰子の家だった。『道ありき』には、「この茶の間のふんいきは、あの時のわたしの病室のふんいきでもあった（四六）」とあるので、この辰子が三浦綾子に一番近い分身でもあるのだろう。読者のなかには、緊張に満ちたこの小説の中で辰子の出てくる場面だけホッとすると言う人がかなりいる。

辰子の家は旭川六条教会と同じ旭川市六条通十丁目にあった。がっしりした木造二階建てで「花柳流、藤尾研究所」と墨で肉太に書いた看板が下がっていた。拭き清められた稽古場《けいこば》にまっすぐにつながる廊下、二階の自分の部屋には誰も踏み込ませない凜《りん》としたものを持ちながら、しかし、踊りに関係ない人をも歓待し、その話に耳を傾け、くつろいだ自由な空気の中で生かすことができる度量が、その家には表れていた。

中には碁を打つもの、酒を飲む者、飯を炊くもの、自分の家か人の家かわからない。

「米がなくなった」

と、だれかがいった翌日は、だれが持ってくるのか、もう米びつは一杯になっている。

この茶の間では、ニーチェも、ピカソも、サルトルも、ベートーベンも親しい友のように語られていた。

稽古のない時は、辰子は柱を背にして、ふところ手のままみんなの話をきいている。

太宰治が死んだ時、会ったこともない彼のために、この部屋で神妙にお通夜をしたこともある。

辰子はここに集まる人たちを「茶の間の連中」と呼んでいた。

酒もさかなも、誰がいくらという割り勘ではなしに、何となく集まった物を何となく飲み食いするのだった。

「足ぐらい、きちんと拭いて上ってよ」

などと辰子にポンポンいわれようものなら、ほめられたように、喜んだりはにかんだりする連中で、他愛がない。

たまに、陽子を連れて夏枝が訪ねると、知っている顔も、知らない顔も喜んで拍手で迎える。しかしそのあとは別段チヤホヤするわけでもなく（略）

（「橋」）


そこでは世界の優れた精神たちと友愛の心でつながりを持ちながら呼吸することができ、自由に語り合い、初代教会のように飲食を共にし、会ったこともない太宰治《だざいおさむ》の通夜をするように、世界に対して共に痛む心を持った暖かく開かれた場所になっていたのだ。夏枝はこの茶の間を嫌っていたが、陽子は活き活きした感じが好きだった。

辰子には、人間を見る眼差しの鋭い切れと暖かさ、交わりの質を爽やかで豊かにする心遣いの深さと人柄の率直さがあった。辰子と一緒に食事していた啓造は、楽しく大笑いしながらも彼女がかすかな食器の音も立てないことに気づいて感心し、辰子の踊りの稽古を見ていた陽子は、辰子が踊りだすと、その体に「別の魂がすっと入るような不思議な印象」を受けた。言わば辰子は知恵と愛を持った人生の達人であった。

辰子の家はなぜ六条教会のすぐ近くに設定されているのか？ 交わりの面では、それは三浦綾子の理想の教会のあり方だったのかも知れない。清められた稽古場が礼拝堂、踊り（語り）だす辰子に入るのが神の霊であったら。

辰子の意外な役割

夏枝に答辞をすり替えられ、辰子の家に行くことを半ば禁じられたときに、陽子は「かけがえのないものとして愛し愛されたい」という渇きを持ち、北原に出会うことになるのだが、それは辰子の家の温かさの代替物を求めることでもあったのだ。

辰子は七歳の陽子が家出して来たとき、少しぐらいいやなことは我慢しなければ居場所がなくなると忠告したが、それは陽子を我慢する道へ押し出してしまう。だからのちに辻口家の深刻な危機があることを知ったときには、自分がひどく軽薄で、「根の浅い、単なる処世術をふりまわして、生きてきたように」思えてならなかった。

また、辰子が啓造に言った「聖人君子なんて、ちょっとした化物の部類よ、大ていは眉つばものよ」という言葉は、啓造のなかにむしろ犯人の子を引き取ってみようという闘争心を起こさせることになっている。

辰子は決して悪くはない。意図して悪を求めはしないのだからその点では罪はない。しかし、新しい生き方を求めて教会に入ろうとしていた啓造を結果的に引き止めてしまうのも辰子なのだ。

これが六条十丁目という教会のすぐ近くに住む処世術の限界であり、思いもかけず果たしてしまう機能なのかも知れない。辰子も〈的外れ〉なのである。だから、自分の浅さと愚かさを思う辰子に、徹は言う。

「人に相談できない時は誰に相談するのかなあ。神様かな。だけど神様ってどこにいるのか見たこともないしなあ」

（「白い服」）

辰子、もうひとりのタミ

三浦文学は子どもを殺された母の物語で始まり、子どもを殺された母の物語で終わる。そんな見方ができる。『氷点』の夏枝はルリ子と陽子という二人の娘に死なれる母であり、

『母』の小林セキは息子多喜二を殺される。しかし『氷点』にはもうひとり、子どもに死なれた母がいる。それが辰子だ。辰子ははじめ資産家のお嬢さまだったが、恋人にも子どもにも死なれた過去を持っていた。三浦綾子が最後に小林多喜二の母セキや恋人タミの物語を書くとき、この辰子を意識しなかったとは思えない。

「わたしはね。子どもを産んだことがあるのよ」（略）
「そんな顔しないでよ。女学校を出て、しばらく東京にいた戦時中のことなの。子供は生まれてすぐ死んだわ。男の子だった」（略）
「相手はマルキストでね。節を曲げずに獄死したのよ。万葉集なんか読んでいてね。死なすのが惜しい人だった。あんな男には、もうなかなかお目にかかれなくなったわねえ」
　啓造は胸をつかれた。それほどの秘密を今までだれにもいわずに明るく生きてきた辰子に啓造は驚嘆した。辰子を支えているその男との思い出に啓造は頭をたれた。自分の秘密とは全くちがった、辰子の誇らかな秘密に啓造はおのれを恥じた。
「別にだれにきかれても困ることじゃないの。だからだれにいってもいいわよ。でも、今まではあんまり大事で話したくなかったの。少し大人になったのかな。とうとういってしまっちゃった」
（「うしろ姿」）

この秘密を語る辰子は、張りつめた美しい表情で、「冬の陽に輝く樹氷にも似た美しさだった」と啓造には感じられた。「あんまり大事で話したくなかった」というほど大事にしていた秘密。心の底の深い悲しみと、悲しみだけではない清く充実した愛の思い出。それはまさに樹氷のような美しさで、辰子の中心を形作り支えていたのだ。

物語の前半で、朝、出勤する啓造と歩いている松崎由香子を見た辰子は、「でもあの子妙な感じだけれど、わるい感じじゃないわ」と言った。辰子は由香子の「妙さ」と共に、由香子の中の一途なものを見ているのだ。のちに『続 氷点』では、由香子の失踪を非行児的だと批判しながら、目が見えなくなった彼女を、辰子は引き取って世話し弟子にしようとする。それは慈善事業ではなく、たったひとりの人を愛した愛ゆえの喪失の悲しみを知り、しかしその愛ゆえにいのちの充実を得て、それだけを抱きしめて生きてゆく女同士として、厳しく暖かく育てようとすることだったのではないだろうか。

「陽子ちゃん、出ておいで」

辰子は子どもに死なれ、最愛の人に死なれるという極度の悲しみと喪失の痛みと淋しさを知っていた。

辰子はきびしい表情で遺書を読んだ。読み終ると、長い指をそろえて瞼《まぶた》をおさえた。涙がつうとほおを伝って落ちた。

（「ねむり」）

『母』のなかで小林多喜二の母セキが最後に出会うのは、「イエスは涙を流された」という言葉であり、「こったらわだしのために泣いてくれる」「イエスさま」という真実な心であった。が、ここには、陽子の悲劇と陽子をそこまで追いやった大人たちの罪を厳しく見つめながらも、陽子の淋しさを痛んで涙を流す辰子がいる。

「ねむるだけ、ねむったら早く起きるのよ。全くちがった人生が待っているんだもの」
辰子はつぶやくようにいった。看護婦が四時間ごとの肺炎予防のペニシリンをうった。
啓造ははっとした。注射器をさされた陽子の顔がはじめて苦しそうにゆがんだのだ。
（助かるかもしれない！）

（「ねむり」）

ここに、「起きて、出ておいで」と呼びかける辰子がいるが、その姿のなかに六歳の妹陽子が死んでしまったあと、近所の暗がりに向かって、幽霊でもいいから会いたいと思い「陽子ちゃん、出ておいで」と呼びかけていた堀田綾子が浮かび上がる。

「イエスは涙を流された」という言葉がある「ヨハネの福音書」一一章で、死んで四日経《た》っていたラザロ（それは三日三晩経ったということだ）がイエスに「出てきなさい」と呼ばれて生き返ったように、三日三晩という神の時間のなかにあった陽子が、この辰子の声を聞いたかのように、「全くちがった人生」のなかに生き返ってゆくのだ。

三浦綾子自身もこう書いている。

自殺をはかった陽子が生きかえったとき、彼女はおそらく神のほうへ向いて行くであろうという願いをこめて、私はあの小説を書いた。

（「私はなぜ『氷点』を書いたか？」）

勿論辰子がイエスなのではなく、綾子が救い主なのでもない。でも、辰子と綾子の心のなかに、「陽子ちゃん、出ておいで」と呼びかける愛があった。淋しさのなかで死なねばならなかった魂に対する、迸《ほとばし》るような愛があった。つうとひとすじ涙を流す愛があったのだ。

「イエスは涙を流された」これは、三浦綾子がいちばん好きな聖書の言葉で、その葬儀のときに読まれたものでもあった。

13 おわりに

見本林、冬。

人間が人間として人間らしく

「人間が人間として人間らしく生きることの難しさと、素晴らしさ」

それが、三浦綾子の最大公約数のテーマだと思う。だから、人間としていかに生きるべきか?を問い、人間らしい人間に回復されるために、聖書の福音が必要だと考えるのだ。人間が人間として人間らしく生きることは、最も幸いなことだ。しかし、人間が人間として人間らしく生きることを難しくさせるものがある。

そのひとつは罪であると三浦綾子は考えた。罪が人間の心から始まって、夫婦、家庭、あらゆる人間関係、果ては国同士の関係、そして人間自身を壊してゆくからだ。

また、人間が人間として人間らしく生きることを難しくさせるものがもう一つある。それは苦難である。苦難は人間を打ち倒し、時に、人間として歩くことも立ちあがることもできなくさせてしまう。それは彼女自身が敗戦からの挫折と闘病の十三年の時代に身をもって知っていたことだ。

罪があれば人間は内側から壊れ、苦難があれば人間は外側から壊れる。それは物理法則のようにほとんど間違いなく正確に起きてゆくあまりにも当然のことだ。

そして、それは罪からにせよ苦難からにせよ、〈もう愛せないという淋しさ〉に至り、ある人は〈だからもう愛さないという絶望〉に踏み込んでゆく。人も世界とそこにあるいのちも、神も、そして自分自身も愛さない、それはまさに地獄のようなところだ。

しかし、時にその法則に反して生きている人がいる。罪も苦難も人は避けることができないのだが、もう愛せないという状況のなかで〈にもかかわらず愛する〉人間である。

「にもかかわらず愛し、信じ、神に従ってゆく」ことの奇蹟《きせき》を三浦綾子は繰り返し書いた。『道ありき』の前川正や三浦光世、『塩狩峠』の永野信夫、伝記小説の人物たち、そして自分自身の人生の物語を通してそれを書いた。その人間自体が奇蹟であるような人物たち、そして、神もそのような人物を用いて奇蹟をなさるということを彼女はそれらの物語のなかで書いた。

『塩狩峠』の永野信夫は自ら「キリストのアホウになりたい」と言っているが、そのような人間を人は時に「馬鹿」と呼ぶ。しかし、神は〈にもかかわらず愛し、信じ、従おうとする馬鹿〉をいつも探していて、そのような人間を通して奇蹟をしたいと願っているのだと、思う。

「にもかかわらず愛する」道は、損得計算や、体験から来る推測や、怖れや侮りから出てくるものではない。全く逆に、損で無理な道である。しかし、そこには喜びと、畏敬と、感謝があるはずだ。

馬鹿になる幸い

私は十四年間福岡の短大・大学で教師として教えたときに与えられた一年間の研修で、旭川に来て、三浦綾子の勉強をした。研修を終えて論文を書いて、福岡の大学に帰れば、教授の椅子が待っていた。しかし、神さまは私に「お前も馬鹿にならないかい？　馬鹿になって私と一緒に働いて、奇蹟を見てみたいと思わないかい？　旭川に残って、三浦綾子をもっと研究して、三浦綾子の心、私の心を語り運ぶ仕事をしないかい？」と声をかけてくださった。私は恐れ戸惑った。

大学教授は、地位と名誉、良い給料と安定がある。その上、若い女性に囲まれて「先生、先生」と呼ばれて過ごせるのだ！　おとなしく福岡に帰れば、教授になり、キリスト教主義の学校だから、名ばかりでもクリスチャンの私は、いずれは学部長とか学長とかあわよくば院長にでもなるかも知れない（福岡の人には笑われるので言えないが）のだ。

私が迷っているとき、家内が言った。

「神さまが、『帰るな』って言ってない？」

私はギョッとした。神さまは家内にまで手を出したか⁉　そしてある日、家内が言った。

「『私はいのちと死、祝福とのろいを、あなたの前に置く。あなたはいのちを選びなさい。（「申命記」三〇章一九節）』と神さまが言っています。『この私と一緒に行けば、お前の力ではとうてい到達し得なかった所まで行けるというのに、どうしてお前は恐れてまた同じ道を引き返そうとするのか？　引き返してはならない。』と言っています。人はみんな死にます。でも神さまが喜ばれる道を行って死ぬのと、そうでない道で死ぬのとの間には大きな違いがあります。飢え死にしなければならないのなら、一緒に死にましょう」

私は、これは抵抗しても、もう勝ち目がなさそうだと思った。それでもぐずぐずしている私の心に、一つの聖書の言葉が迫ってきた。

「見よ。あざける者たち。驚け。そして滅びよ。わたしはおまえたちの時代に一つのことをする。それは、おまえたちにどんなに説明しても、とうてい信じられないほどのことである。（「使徒の働き」一三章四一節）」

本当に私の心に「あざけり」があった。「そんなの、無理無理！」と自分で自分に言っていたのだ。けれど、神さまは真正面から、そんな私に約束の手を伸ばしてくださっていた。

私は、神さまに言った。

「そうまでおっしゃるんなら、参りましょう。でも、本当ですね？　本当に信じられないほどのことをしてくださるんでしょうね、嘘だったら承知しませんよ！」

そして、差し出された、その手を握った。こんな私だが、〈にもかかわらず愛し、信じ、従う〉者になってみようと思ったのだ。三浦綾子を上手に解説しているだけではだめだ。三浦綾子を語っている自分が「馬鹿になる招き」を拒んでどうする。それじゃあインチキじゃないか、とも思ったのだ。

福岡では「旭川の大学に移られるんですか？」とか「三浦綾子文学館の職員になるんです

か？」とか言う人もいたが、実際には何もなかった。文学館の特別研究員なんて、名前ばかりだった。本当に一円の定収入の当てもなかった。我が家には信仰だけはあるがとうてい働けない妻と中学二年を筆頭に娘が四人、子どもの一人は「パパ、うちはホームレスになるの？」と不安そうに訊いた。今考えても、本当の馬鹿の部類だったと思う。あれから七年あまり、よく家族全員無事に生きてこられたと思う。

二〇〇六年私が北海道に来たとき、三浦綾子読書会は二つの都市で四か所だったが、今は三十か所近くになり、全国、海外も含めると百か所ほどの三浦綾子読書会がある。たくさんの人と出会い、感動し、励まされ、生かされている。

「もう愛さない」道は絶望にしか行かないが、「にもかかわらず愛する」道は馬鹿らしく見えても希望があり、不思議ないのちと出会いがある道だ。三浦綾子の文学を多くの方に読んでもらいたいし、『氷点』を読んだ方には、更に多くの作品を読んでいただきたいと思う。

本書は、東日本大震災直後の二〇一一年四月から翌年三月まで三浦綾子記念文学館で語らせていただいた「読みつくす『氷点』」十二回連続講座の原稿に加筆したものである。序章の『道ありき』の部分と「おわりに」は新たに付加した。

資料『氷点』あらすじ

I 敵～どろぐつ

昭和二十一年七月二十一日、上川神社の夏祭りの日の午後、旭川市外神楽町の見本林の傍らにある辻口病院院長邸の応接間で辻口啓造の妻夏枝が、辻口病院の若い眼科医村井靖夫の訪問を受けていた。夏枝に言い寄ろうとする村井、それを拒みながらも甘美な罪の誘惑を楽しんでいた夏枝は応接室に入ってきた三歳の娘ルリ子に外で遊ぶようにと言ってしまう。「センセきらい！　おかあちゃまもきらい！　だれもルリ子と遊んでくれない」。くるりと背を向けて飛び出して行ったルリ子は、たまたま通りかかった見知らぬ男、佐石土雄に連れ去られ美瑛川の河原で首を絞められて殺されてしまった。佐石は近くに住む日雇い労働者だったが、赤ん坊を残して妻に死なれ、赤ん坊の泣き声で神経衰弱になっていた。佐石は逮捕後留置場で首を吊って死んでしまう。事件後、夏枝の夫・辻口啓造は夏枝と村井がルリ子を殺したに等しいのだと考え、「汝の敵を愛せよ」という聖書の言葉を実践する人格者を装いながら、友人の産婦人科医高木に頼んで、犯人佐石土雄が残した赤ん坊を乳児院から引きとって、それとは知らせずに妻に育てさせるという復讐をする。

Ⅱ　みずうみ～台風

夏枝はその子を陽子と名づけて可愛いがるが、啓造は陽子を入籍することに戸惑い、陽子を抱くこともできなかった。陽子が健やかに成長し小学一年生になった十二月のある日のこと、啓造の日記に挟まっていた書きかけの手紙から陽子が犯人佐石の子であることを知り衝撃を受けた夏枝は、ちょうど学校から帰ってきた陽子の首を絞める。「陽子ちゃん！　おかあさんと死んで……」。信じきっていた母に首を絞められた陽子は、夏枝の友人で踊りの師匠をしている藤尾辰子のところに向かいながら生まれてはじめて淋しさを知るのだった。やがて夏枝の陽子に対する陰湿ないじめが始まる。学芸会で着る白い服を作ってもらえなかった陽子は一人だけ赤い服で踊らなければならなくなる。その一方で夏枝は結核の癒えた村井靖夫と再会し、啓造を裏切るために、啓造の本州への旅行に同伴する予定を直前になって取りやめるが、その日啓造の乗った青函連絡船洞爺丸が台風により座礁転覆。そのとき啓造は、救命具の紐が切れたと泣く女に自分の救命具を渡して死んでゆく宣教師の姿を目の前に見、深い衝撃を受ける。

Ⅲ　雪虫～答辞

奇跡的に生還し、生き直したいと願った啓造は、しかしなおも夏枝を信じることができないその煩悶の中で、聖書を読み始める。夏枝が給食費をくれないのに困った陽子は、四年生になり牛乳配達を始めるが、ある吹雪の日、漏れ聞いた牛乳屋の夫婦の会話から自分が辻口家にもらわれてきた子であることを知ってしまう。他方青年期に差し掛かってきた徹は陽子を異性として意識し始めるが、それを見て取った夏枝は、遂に陽子のことで啓造を責める。秘密を知られていたことに驚きながらも、啓造は村井との関係を指摘して応酬し二人は激しい口論になった。ところが、それを立ち聞きし、陽子と両親の秘密に大きなショックを受けた徹は、大学を出たら陽子と結婚すると宣言。部屋のドアに「無断入室を禁ず」と貼紙し、高校入試の解答を白紙で出すのだった。父母を罰してその罪を陽子に詫《わ》びることができたと思った徹は、翌年は高校に入り更に北大医学部に進学。一年後、陽子は中学の卒業式で答辞を読むことになるが、登壇した陽子が開いた答辞は夏枝によって白紙にすり替えられていた。

Ⅳ　千島から松～とびら

陽子は徹が連れてきた北大の同室の友人北原邦雄と出会い、「互いにかけがえのない存在」として愛し合いたいという願いを持つようになる。二人の仲を裂こうとする夏枝の意地悪な言葉に惑わされて、陽子は北原を誤解したりするが、やがて二人は愛を確かめてゆくようになる。しかし、徹は、もらわれ子であることを小学生のときから陽子が自覚していたことを知るに及んで、兄であると同時に恋人でもありたいと願い、陽子にプロポーズする。クリスマス・イブ、徹は陽子のために買った指輪を持って帰宅するが、そこに北原が訪れ、陽子が待っていたのは北原だったのだと知った徹は、書き置きをして茅ヶ崎の祖父の所へ旅立って行く。夏枝は、美しく成長した陽子に対して嫉妬し、北原の心を奪おうとするが、母というものを神聖視する北原に、女性として見ることを拒絶されて、屈辱を感じる。年が明けて昭和三十九年一月十四日、自分だけが苦しむのは不当だ、陽子も苦しむべきだと考えた夏枝は、北原のいる前で、陽子の秘密を暴露するのだった。

V 遺書～ねむり

陽子はそれまでいくら母親に辛く当たられても自分が正しく生きればそれでよいと考えて、汚れまい、曲がるまいとして明るく生きてきた。しかし、自分は無垢なのだという心の支えは「お前は殺人犯人の子だ」という言葉によって崩れ去る。自分という存在が、憎み合い裁き合うこの家族の苦しみの元凶であったことを知ると共に、血のなかを流れる罪を自覚した陽子は一挙に生きる支えを失い、深い淋しさの中で心の凍えるのを感じる。陽子は「ゆるす」権威のあるものを求めつつも見出せず、死んで罪が消えるものならばと、ルリ子が殺されたと同じ川原で睡眠薬を飲んで雪の上に横たわる。「虫の知らせ」で旭川に帰って来た徹が、陽子の遺書を見つけ、発見された陽子はすぐに胃洗浄されカンフル剤が打たれた。啓造は懸命に手当するが、陽子は蒼白な顔で眠り続ける。そこに駆けつけた高木は、陽子が佐石の子ではなく、北大の学生だった中川光夫と下宿先の三井恵子が恋愛をし、恵子の夫の出征中にできた子どもだったことを告白する。昏睡を続ける陽子の前で、啓造ははじめて、自分たちは神の前に立つということを知らなかったのだと思う。三日目、注射針を刺された陽子が反応を見せる。啓造が脈をみると微弱だが正確なプルスになっていた。

『氷点』年表

年月日	事件：辻口家	事件：その他の人物	社会・作者
1915(大4)	辻口啓造生まれる。	高木雄二郎生まれる。	
1918(大7)		村井靖夫・佐石土雄生まれる。	
1919(大8)	津川夏枝生まれる。	藤尾辰子生まれる。	
1922(大11)			綾子生まれる。
1923(大12)		佐石、関東大震災で両親を失う。	9/1：関東大震災
1932(昭7)	夏、啓造、川原で幼女に過失。		
1933(昭8)			小林多喜二虐殺。
1934(昭9)		佐石、北海道のタコ部屋に売られる。	
1935(昭10)			妹陽子死去。
1936(昭11)	啓造と夏枝婚約。啓造「時と永遠」を読む。		二・二六事件
1939(昭14)	啓造と夏枝結婚。層雲峡へ新婚旅行。		4月:綾子、歌志内の神威学校へ赴任。
1941(昭16)	徹生まれる。	佐石入隊、中支で戦傷を受け後送。	12月:太平洋戦争開戦
1943(昭18)	啓造、辻口病院を継ぐ。ルリ子生まれる。	辰子の恋人獄死。子どもも死ぬ。	学徒出陣
1944(昭19)		村井、辻口病院に勤め始める。	
1945(昭20)	啓造、軍医として三か月天津へ行く。	佐石、終戦直前渡道。 日雇い労働者として、 旭川市外神楽町に住む。	8/15：敗戦
1946(昭21)	2月：村井、夏枝の目を診る。 6月：村井、辻口家を訪ね、夏枝に迫る。	6月：佐石の妻コト、 女児出産し死亡。 6月：陽子生まれる。 松崎由香子、辻口病院に 勤め始める。	1/1:天皇人間宣言 3月：綾子辞職 6月：肺結核発病
	7/21：村井、辻口家を訪ね、夏枝に迫る。	佐石、ルリ子を殺害。	
	7/22：郵便局長ルリ子を発見。		
		8/2:佐石、逮捕。自供後、首吊り自殺。	
	9月：夏枝、女の子を欲しいと言いだす。		

年月日	事件：辻口家	事件：その他の人物	社会・作者
1946(昭21)	啓造、犯人の子を引き取ることを決意。 夏枝、丸惣旅館で陽子と一か月半過ごす。		
	10/27：啓造、陽子を入籍。	村井、結核発病。洞爺へ療養に行く。	
1950(昭25)	陽子、３歳で字を読み始める。 啓造、「陽子ちゃんは、ぼくのおよめさん」と言った徹を打つ。		
1951(昭26)			日本独立
1952(昭27)			７月：綾子受洗
1953(昭28)	4月：陽子、神楽小学校に入学。担任わたなべみさを先生。		
	12月上：陽子、井尾二三夫に石入り雪玉を投げられ打撲。 中：夏枝、啓造の手紙を読んで衝撃を受け、陽子の首に手をかける。 陽子、辰子の家に行く。	次子、結婚。	
1954(昭29)	3月：陽子、赤い服で学芸会に出る。		第五福竜丸事件
	4月：啓造、徹の作文「殺された妹」を読む。		
	翌日：夏枝、旭川に帰ってきた村井を駅に迎える。	村井、復職。	5月：前川正召天
	9/24：夏枝、喫茶ちろるで村井に会う。 夏枝、村井に会うために、啓造に京都旅行を断る。		
	9/25：啓造、旭川を発つ。		
	9/26：啓造、朝札幌を発ち洞爺丸に乗船遭難。宣教師を目撃。 9/27：午前1時ラジオで洞爺丸乗船客啓造の名を聞く。		
	10/23：啓造、富貴堂書店で口語訳聖書を買う。 10/24：陽子（２年生）、初めて啓造に抱かれる。	高木、堕胎する自分を自嘲。 村井に結婚を勧める。	
1955(昭30)	4月：テレビを買う。	6月：村井結婚。松崎、村井の結婚10日前に失踪。	
1956(昭31)	4月：夏枝、陽子に給食費をくれない。		
	5月：陽子、牛乳配達を始める。	辰子、啓造に過去を告白。	

年月日	事件：辻口家	事件：その他の人物	社会・作者
1957(昭32)	1月:陽子、もらい子であることを知り、 牛乳配達を辞める。 夏枝、啓造に陽子の出生を知っていることを 告げ言い争う。 徹、立ち聞きし反発。入試を白紙で出す。		
1958(昭33)	4月：徹、道立旭川西高校に入学。		
1959(昭34)			光世と結婚。
1961(昭36)	4月：徹、北海道大学入学。		
1962(昭37)	3月：夏枝、陽子の答辞を白紙にすり替える。		
	7月:陽子、『嵐が丘』を読み、見本林で北原と 出会う。陽子に北原からの手紙。夏枝が 取り上げ、戻さない。	辰子、陽子を養子に欲しい と言う。	
	8月末:徹と陽子、層雲峡に旅行。		
1963(昭38)	1/1：陽子、北原に年賀状を出す。 1/7：北原、陽子に会いに来る。 以後、文通始まる。		朝日新聞懸賞小 説の記事を見る。
	7月:陽子、徹から送られてきた北原の写真を誤解。	北原、虫垂炎で入院。	
	7月:徹、夏休みで帰省。見本林で陽子に思いを告げる。		
	9月:啓造と陽子、アイヌ墓地へ行く。	正木次郎、飛び降り自殺。	
	12月:陽子、写真の女性が北原の妹であったことを知る。 12/21：陽子、北原に誤解を詫びる手紙を書く。 12/24：北原、陽子に会いに来る。 徹、帰省後すぐ茅ヶ崎に行くと置き手紙して 出てゆく。		12/31：『氷点』 応募原稿完成。
1964(昭39)	1/1:夏枝、陽子の出生の秘密を暴露することを決意。		
	1/14:北原来訪。夏枝、陽子の出生を暴露。		
	1/15:陽子、遺書を書き、朝、美瑛川の川原で睡眠薬を飲む。 朝8時ごろ:帰ってきた徹、陽子の遺書を発見。 8時半ごろ:陽子発見され、胃洗浄される。 12時半ごろ：高木、陽子の真の出生を明かす。 啓造ら、陽子の周りで罪を意識させられてゆく。		
	1/17:陽子、昏睡3日目。夜、陽子の脈が正確になる。		

◆◆三浦綾子　全著作◆◆

『氷点』65年11月（朝日新聞社）
『ひつじが丘』66年12月（主婦の友社）
『愛すること信ずること』67年10月（講談社）
『積木の箱』68年5月（朝日新聞社）
『塩狩峠』68年9月（新潮社）
『道ありき』69年1月（主婦の友社）
『病めるときも』69年10月（朝日新聞社）
『裁きの家』70年5月（集英社）
『この土の器をも』70年12月（主婦の友社）
『続 氷点』71年5月（朝日新聞社）
『光あるうちに』71年12月刊行（主婦の友社）
『生きること思うこと』72年6月（主婦の友社）
『自我の構図』72年7月（光文社）
『帰りこぬ風』72年8月（主婦の友社）
『あさっての風』72年11月（角川書店）
『残像』73年3月（集英社）
『愛に遠くあれど』73年4月（講談社）
『生命に刻まれし愛のかたみ』73年5月（講談社）
『共に歩めば』73年11月（聖燈社）
『死の彼方までも』73年12月（光文社）
『石ころのうた』74年4月（角川書店）
『太陽はいつも雲の上に』74年11月（主婦の友社）
『旧約聖書入門』74年12月（光文社）
『細川ガラシャ夫人』75年8月（主婦の友社）
『天北原野　上巻』76年3月（朝日新聞社）
『天北原野　下巻』76年5月（朝日新聞社）
『石の森』76年4月（集英社）
『広き迷路』77年3月（主婦の友社）
『泥流地帯』77年3月（新潮社）
『果て遠き丘』77年6月（集英社）
『新約聖書入門』77年12月（光文社）
『毒麦の季』78年10月（光文社）
『天の梯子』78年12月（主婦の友社）
『続 泥流地帯』79年4月（新潮社）
『孤独のとなり』79年4月（角川書店）
『岩に立つ』79年5月（講談社）
『千利休とその妻たち』80年3月（主婦の友社）
『海嶺　上・下巻』81年4月（朝日新聞社）
『イエス・キリストの生涯』81年10月（講談社）
『わたしたちのイエスさま』81年12月（小学館）
『わが青春に出会った本』82年2月（主婦の友社）
『青い棘』82年4月（学習研究社）
『水なき雲』83年5月（中央公論社）
『三浦綾子作品集　全18巻』83年5月～84年10月（朝日新聞社）
『泉への招待』83年9月（日本基督教団出版局）
『愛の鬼才』83年10月（新潮社）
『藍色の便箋』83年12月（小学館）
『北国日記』84年5月（主婦の友社）
『白き冬日』85年4月（学習研究社）
『ナナカマドの街から』85年11月（北海道新聞社）
『聖書に見る人間の罪』86年3月（光文社）
『嵐吹く時も』86年8月（主婦の友社）
『草のうた』86年12月（角川書店）
『雪のアルバム』86年12月（小学館）
『ちいろば先生物語』87年5月（朝日新聞社）
『夕あり朝あり』87年9月（新潮社）
『私の赤い手帖から』88年1月（小学館）
『小さな郵便車』88年8月（角川書店）
『銀色のあしあと』88年11月（いのちのことば社）
『それでも明日は来る』89年1月（主婦の友社）
『あのポプラの上が空』89年9月（講談社）
『生かされてある日々』89年9月（日本基督教団出版局）
『あなたへの囁き』89年11月（角川書店）
『われ弱ければ』89年12月（小学館）
『風はいずこより』90年9月（いのちのことば社）
『三浦綾子文学アルバム』91年4月（主婦の友社）
『三浦綾子全集　全20巻』91年7月～93年4月（主婦の友社）
『祈りの風景』91年9月（日本基督教団出版局）
『心のある家』91年12月（講談社）
『母』92年3月（角川書店）
『夢幾夜』93年1月（角川書店）
『明日のあなたへ』93年9月（主婦と生活社）
『キリスト教・祈りのかたち』94年2月（主婦の友社）
『銃口　上・下巻』94年3月（小学館）
『この病をも賜ものとして』94年10月（日本基督教団出版局）
『小さな一歩から』94年11月（講談社）
『希望・明日へ』95年2月（北海道新聞社）
『新しき鍵』95年5月（光文社）
『難病日記』95年10月（主婦の友社）
『命ある限り』96年4月（角川書店）
『愛すること生きること』97年5月（光文社）
『さまざまな愛のかたち』97年11月（ほるぷ出版）
『言葉の花束』98年6月（講談社）
『雨はあした晴れるだろう』98年7月（北海道新聞社）
『ひかりと愛といのち』98年12月（岩波書店）
『三浦綾子対話集　全4巻』99年1月～4月（旬報社）
『明日をうたう　命ある限り』99年12月（角川書店）
『遺された言葉』00年9月（講談社）
『いとしい時間』00年10月（小学館）
『夕映えの旅人』00年10月（日本基督教団出版局）
『三浦綾子小説選集　全8巻』00年12月（主婦の友社）
『人間の原点　苦難を希望に変える言葉』01年8月（PHP研究所）
『永遠のことば』01年11月（主婦の友社）
『忘れてならぬもの』02年2月（日本基督教団出版局）
『まっかなまっかな木』02年4月（北海道新聞社）
『私にとって書くということ』02年9月（日本基督教団出版局）
『愛と信仰に生きる』03年4月（日本基督教団出版局）
『愛つむいで』03年6月（北海道新聞社）
『「氷点」を旅する』04年6月（北海道新聞社）
『生きるということ』04年10月（教文館）
『したきりすずめのクリスマス』08年12月（ホームスクーリング・ビジョン）
『綾子・光世　響き合う言葉』09年4月（北海道新聞社）
『丘の上の邂逅』12年4月（小学館）

※共著も含みます。

森下辰衛（もりした たつえ）

1962年岡山県生まれ。山口大学及び同大学院にてフランス文学、日本近代文学を学ぶ。1992年より2006年まで福岡女学院短大及び大学で日本近代文学やキリスト教文学の講義を担当。2001年より九州各地で三浦綾子読書会を主宰、2011年より三浦綾子読書会代表。2006年より三浦綾子記念文学館特別研究員、2007年福岡女学院を退職して家族と共に旭川に完全移住し、旭川を拠点に全国を飛び回って三浦綾子の心を伝える講演、読書会活動を行っている。

『氷点』解凍

2014年4月25日　初版第1刷発行

著者　**森下辰衛**
発行人　稲垣伸寿
発行所　株式会社小学館
〒101-8001　東京都千代田区一ツ橋2-3-1
電話　編集 03-3230-5810
販売 03-5281-3555
印刷所　図書印刷株式会社
製本所　株式会社若林製本工場

Printed in Japan　ISBN978-4-09-388367-2
